ANTONIO TABUCCHI

1943 in Vecchiano bei Pisa geboren, lebt in der Toskana und in Portugal. Sein Roman »Erklärt Pereira« wurde mit internationalen Preisen, u.a. mit dem Premio Campiello ausgezeichnet und mit Marcello Mastroianni in der Hauptrolle verfilmt. 1998 erhielt Tabucchi den Österreichischen Staatspreis für Europäische Literatur.

DIE BRIGITTE-EDITION

ERLESEN VON ELKE HEIDENREICH

BAND XXVI

ANTONIO TABUCCHI

Erklärt Pereira

ANTONIO TABUCCHI

Erklärt Pereira

Eine Zeugenaussage

Aus dem Italienischen von
Karin Fleischanderl

DIE BRIGITTE-EDITION

I

Pereira erklärt, er habe ihn an einem Sommertag kennengelernt. An einem sonnigen, wunderschönen Sommertag, an dem eine leichte Brise wehte und Lissabon strahlte. Pereira scheint sich in der Redaktion aufgehalten zu haben, er wußte nicht, was er tun sollte, der Herausgeber war auf Urlaub, und er befand sich in der unangenehmen Situation, die Kulturseite zusammenstellen zu müssen, denn mittlerweile besaß die *Lisboa* eine Kulturseite, und ihm hatte man sie anvertraut. Und er, Pereira, dachte über den Tod nach. An diesem schönen Sommertag, trotz der Brise vom Atlantik her, die über die Wipfel der Bäume strich, und trotz der strahlenden Sonne und der Stadt, die unter seinem Fenster funkelte, buchstäblich funkelte, und eines Blaus, eines, erklärt Pereira, noch nie gesehenen Blaus, das so klar war, daß es fast in den Augen weh tat, begann er an den Tod zu denken. Warum? Das vermag Pereira nicht zu sagen. Vielleicht weil sein Vater, als er noch ein Kind war, ein Bestattungsinstitut besaß, das *Pereira La Dolorosa* hieß, vielleicht weil seine Frau vor ein paar Jahren an Tuberkulose gestorben war, vielleicht weil er fett und herzkrank war und einen hohen Blutdruck hatte und der Arzt ihm gesagt hatte, wenn er so weitermache, bleibe ihm nicht mehr sehr viel Zeit, jedenfalls begann er an den Tod zu denken, erklärt Pereira. Und zufällig, rein zufällig, begann er eine Zeitschrift durchzublättern. Es war eine Literaturzeitschrift, in der sich jedoch auch ein Philosophieteil befand. Eine avantgardistische Zeitschrift vielleicht, dessen ist sich Pereira nicht ganz sicher, die aber viele katholische Mitarbeiter hatte. Und Pereira war Katholik, oder zumindest fühlte er sich in diesem Augenblick als Katholik, als guter Katholik, auch wenn er an eines nicht glauben konnte, an die Auferstehung des Fleisches. An die Seele schon, gewiß, denn er war sich sicher, eine Seele zu besitzen; aber das ganze Fleisch, das Fett, das seine Seele umschloß, das würde nicht auferstehen, und warum auch, fragte sich Pereira. Der ganze Speck, der ihn Tag für Tag begleitete, der Schweiß, die Atemnot beim Treppensteigen, warum sollte das auferstehen? Nein, auf all das konnte Pereira verzichten im Jenseits, in der Ewigkeit, und er wollte nicht an die Auferstehung des Fleisches glauben. Also begann er in dieser Zeitung zu blättern, gleichgültig, denn er langweilte sich dabei, und er fand einen Artikel, in dem es hieß: »Aus einer Dissertation, die letzten Monat an der Universität von Lissabon diskutiert wurde, veröffentlichen wir hier eine Betrachtung über den Tod. Der Autor heißt Francesco Monteiro Rossi, er hat in Philosophie summa cum laude promoviert, und dies ist nur ein Auszug aus seinem Werk, denn vielleicht wird er in Zukunft weiterhin mit uns zusammenarbeiten.«

Pereira erklärt, er habe den Artikel, der keinen Titel hatte, zerstreut zu lesen begonnen, dann fing er automatisch von vorne an und schrieb ein Stück davon ab. Warum er das tat? Das kann Pereira nicht sagen. Vielleicht weil ihn diese katholische Avantgardezeitung ärgerte, vielleicht weil er an diesem

Tag genug hatte von Avantgarde und von Katholizismen, auch wenn er selbst streng katholisch war, oder vielleicht weil er in diesem Augenblick, in diesem strahlenden Sommer in Lissabon, wegen der ganzen Körpermasse, die auf ihm lastete, die Idee der Auferstehung des Fleisches verabscheute, jedenfalls begann er den Artikel abzuschreiben, vielleicht um die Zeitschrift in den Papierkorb werfen zu können.

Er erklärt, er habe nicht alles abgeschrieben, nur ein paar Zeilen, die, wie er nachweisen kann, folgendermaßen lauten: »Die Beziehung, die den Sinn unseres Daseins am feinsten und umfassendsten bestimmt, ist jene von Leben und Tod, denn die Begrenzung unserer Existenz durch den Tod ist entscheidend für das Verständnis und die Wertschätzung des Lebens.« Dann nahm er das Telefonbuch und sagte zu sich: Rossi, was für ein merkwürdiger Name, mehr als einen Rossi kann es im Telefonbuch nicht geben, er erklärt, daß er eine Nummer wählte, denn an die Nummer erinnert er sich gut, und am anderen Ende hörte er eine Stimme, die sagte: Hallo. Hallo, sagte Pereira, hier spricht die *Lisboa.* Und die Stimme sagte: Ja? Nun, habe er gesagt, die *Lisboa* ist eine Lissaboner Zeitung, sie ist vor ein paar Monaten gegründet worden, ich weiß nicht, ob Sie sie kennen, wir sind apolitisch und unabhängig, glauben jedoch an die Seele, ich meine, wir haben katholische Neigungen, und ich möchte mit Herrn Monteiro Rossi sprechen. Pereira erklärt, daß am anderen Ende einen Augenblick lang Stille herrschte, und dann sagte die Stimme, daß er Monteiro Rossi sei und nicht allzuviel an die Seele denke. Pereira schwieg ebenfalls ein paar Sekunden, weil es ihm seltsam erschien, erklärt er, daß jemand, der so tiefgründige Betrachtungen über den Tod anstellte, nicht an die Seele dachte. Und folglich dachte er, daß ein Mißverständnis vorliege, und augenblicklich fiel ihm wieder die Auferstehung des Fleisches ein, was eine fixe Idee von ihm war, und er sagte, er habe einen Artikel Monteiro Rossis über den Tod gelesen, und dann sagte er, daß auch er selbst, Pereira, nicht an die Auferstehung des Fleisches glaube, sofern Monteiro Rossi das damit habe sagen wollen. Mit einem Wort, er verhaspelte sich, erklärt er, und das ärgerte ihn, er ärgerte sich in erster Linie über sich selbst, weil er riskiert hatte, einen Unbekannten anzurufen und mit ihm über derart heikle, um nicht zu sagen intime Dinge wie die Seele und die Auferstehung des Fleisches zu sprechen. Pereira erklärt, er habe es bereut. Und beinahe hätte er den Hörer aufgelegt, aber dann fand er aus irgendeinem Grund die Kraft, weiterzureden, und so sagte er, daß er Pereira heiße, Doktor Pereira, der die Kulturseite der *Lisboa* leite, und daß die *Lisboa* im Augenblick zwar nur eine Abendzeitung sei, mit einem Wort, eine Zeitung, die es gewiß nicht mit anderen Zeitungen aufnehmen konnte, daß er jedoch sicher war, daß sie sich früher oder später etablieren würde, und daß die *Lisboa* im Augenblick zwar hauptsächlich Gesellschaftsnachrichten brachte, daß man jetzt jedoch beschlossen hatte, eine Kulturseite hinzuzufügen, die samstags erschien, und daß die Redaktion noch nicht vollständig war, weshalb man Personal brauchte, einen freien Mitarbeiter, der eine ständige Kolumne betreute.

Pereira erklärt, daß Herr Monteiro Rossi augenblicklich zu stottern begann, er werde noch diesen Tag in die Redaktion kommen, er sagte auch, die Arbeit interessiere ihn, jegliche Arbeit, denn, nun ja, er brauchte wirklich eine Arbeit, jetzt, da er mit der Universität fertig war und für sich sorgen mußte, aber Pereira war vorsichtig genug, ihm zu sagen, nicht in die Redaktion, vorläufig lieber nicht, vielleicht konnten sie sich außerhalb, in der Stadt, treffen, und daß es besser wäre, einen Treffpunkt auszumachen. Das sagte er, erklärt er, weil er einen Unbekannten nicht in das trostlose kleine Zimmer in der Rua Rodrigo da Fonseca kommen lassen wollte, in dem ein kurzatmiger Ventilator summte und wo es immer nach Gebratenem roch wegen der Portiersfrau, einer Megäre, die alle argwöhnisch beobachtete und nichts anderes tat als braten. Und außerdem wollte er nicht, daß ein Unbekannter feststellte, daß die Kulturredaktion der *Lisboa* nur aus ihm, Pereira, bestand, einem Mann, der in dieser Rumpelkammer vor Hitze und Unbehagen schwitzte, und schließlich, erklärt Pereira, fragte er ihn, ob sie sich in der Stadt treffen könnten, und er, Monteiro Rossi, sagte zu ihm: Heute abend findet auf der Praça da Alegria ein Volksfest mit Liedersängern und Gitarrespielern statt, man hat mich eingeladen, eine neapolitanische Romanze zu singen, wissen Sie, ich bin ein halber Italiener, aber Neapolitanisch verstehe ich nicht, jedenfalls hat mir der Besitzer des Lokals ein Tischchen im Freien reserviert, auf meinem Tischchen steht ein Kärtchen mit Monteiro Rossi darauf, was halten Sie davon, wenn wir uns dort treffen? Und Pereira sagte zu, erklärt er, legte den Hörer auf, wischte sich den Schweiß ab, und dann hatte er eine großartige Idee, und zwar, eine kleine Kolumne mit dem Titel »Jahrestage« zu machen, und er nahm sich vor, sie bereits nächsten Samstag zu veröffentlichen, und so schrieb er fast automatisch, vielleicht weil er an Italien dachte, die Überschrift nieder: *Vor zwei Jahren starb Luigi Pirandello.* Und dann schrieb er den Untertitel: »Der große Theaterautor hatte in Lissabon sein *Ich träume, aber vielleicht auch nicht* vorgestellt.«

Es war der fünfundzwanzigste Juli neunzehnhundertachtunddreißig, und Lissabon strahlte im Blau einer Atlantikbrise, erklärt Pereira.

2

Pereira erklärt, an jenem Nachmittag sei das Wetter umgeschlagen. Plötzlich legte sich die Atlantikbrise, vom Ozean her zog eine dicke Nebelwand auf, und die Stadt war wie in ein klatschnasses, heißes Tuch eingewickelt. Bevor er sein Büro verließ, warf Pereira einen Blick auf das Thermometer, das er auf eigene Kosten gekauft und hinter der Tür aufgehängt hatte. Es zeigte achtunddreißig Grad. Pereira machte den Ventilator aus, begegnete auf der Treppe der Portiersfrau, die zu ihm sagte: Auf Wiedersehen, Doktor Pereira, atmete noch einmal den Geruch von Gebratenem ein, der im Hauseingang hing, und ging schließlich ins Freie hinaus. Vor der Haustür lag der Markt des Viertels, und die Guarda Nacional Republicana hatte zwei Polizeiwagen postiert. Pereira wußte, daß auf dem Markt Aufregung herrschte, weil die Polizei am Tag davor im Alentejo einen Fuhrmann erschossen hatte, der den Markt belieferte und Sozialist war. Deshalb war die Guarda Nacional Republicana vor den Toren des Marktes aufgezogen. Aber die *Lisboa* oder, besser gesagt, der Stellvertreter des Herausgebers, hatte nicht den Mut besessen, davon zu berichten, denn der Herausgeber war auf Urlaub, er hielt sich in Buçaco auf, wo er die kühle Luft und die Thermen genoß, und wer hatte schon den Mut, zu berichten, daß ein sozialistischer Fuhrmann im Alentejo auf seinem Karren massakriert worden war und alle seine Melonen mit Blut bespritzt hatte? Niemand, denn das Land schwieg, es konnte gar nichts anderes als schweigen, und derweil starben die Leute, und die Polizei spielte sich als Machthaber auf. Pereira begann zu schwitzen, weil er schon wieder an den Tod dachte. Und er dachte: Diese Stadt stinkt nach Tod, ganz Europa stinkt nach Tod.

Er begab sich ins Café Orquídea, das nur einen Katzensprung entfernt war, neben der jüdischen Fleischerei, und setzte sich an ein Tischchen, aber ins Innere des Lokals, wo es wenigstens einen Ventilator gab, denn draußen hielt man es vor Hitze nicht aus. Er bestellte eine Limonade, ging zur Toilette, wusch sich Hände und Gesicht, ließ sich eine Zigarre bringen, bestellte die Abendzeitung, und Manuel, der Kellner, brachte ihm ausgerechnet die *Lisboa.* An diesem Tag hatte er die Korrekturfahnen nicht gesehen, deshalb blätterte er darin wie in einer fremden Zeitung. Auf der ersten Seite stand: »In New York stach heute die luxuriöseste Yacht der Welt in See.« Pereira betrachtete lange die Überschrift, dann betrachtete er die Fotografie. Auf dem Bild war eine Gruppe von Menschen zu sehen, mit Strohhut und im Hemd, die Champagnerflaschen entkorkten. Pereira erklärt, daß er zu schwitzen begann, und er dachte aufs neue an die Auferstehung des Fleisches. Wie, dachte er, wenn ich auferstehe, befinde ich mich in Gesellschaft dieser Leute mit Strohhut? Er stellte sich tatsächlich vor, er befinde sich mit den Leuten von der Yacht in irgendeinem nicht näher bestimmten Hafen der Ewigkeit. Und die Ewigkeit erschien ihm als unerträglicher Ort, auf dem ein dunstiger Hitzeschleier lastete, mit Leuten, die Englisch sprachen, sich zuprosteten und dabei ausriefen: Oh, oh! Pereira ließ sich noch eine Limonade bringen. Er überlegte sich, ob er nach Hause gehen sollte, um ein kühles Bad zu nehmen, oder ob er lieber seinen Freund, den Pfarrer, besuchen sollte, Don António von der Mercês-Kirche, zu dem er vor einigen Jahren, als seine Frau starb, beichten gegangen war und den er einmal im Monat besuchte. Er dachte, es sei besser, Don António zu besuchen, vielleicht würde es ihm guttun.

Und das tat er. Pereira erklärt, diesmal habe er vergessen zu bezahlen. Er erhob sich gleichmütig, besser gesagt, ohne daran zu denken, und ging einfach weg, und auf dem Tisch ließ er seine Zeitung und seinen Hut liegen, vielleicht weil er bei dieser Hitze keine Lust hatte, ihn aufzusetzen, oder weil es seine Art war, seine Sachen liegenzulassen.

Pater António war abgespannt, erklärt Pereira. Er hatte Augenringe, die ihm bis zu den Wangen reichten, und einen erschöpften Gesichtsausdruck, wie jemand, der nicht geschlafen hat. Pereira fragte ihn, was mit ihm los sei, und Pater António sagte zu ihm: Also so was, hast du es denn nicht erfahren, sie haben einen aus dem Alentejo auf seinem Fuhrwerk umgebracht, es gibt Streiks, hier in der Stadt und anderswo, in welcher Welt lebst du denn, du, der du in einer Zeitung arbeitest, hör mal, Pereira, informier dich doch ein wenig.

Pereira erklärt, dieses kurze Gespräch und die Art und Weise, in der er verabschiedet worden war, habe ihn verwirrt. Er fragte sich: In was für einer Welt lebe ich? Und es kam ihm der groteske Gedanke, daß er vielleicht gar nicht lebte, sondern schon so gut wie tot war. Oder besser gesagt: Er tat nichts anderes als an den Tod denken, an die Auferstehung des Fleisches, an die er nicht glaubte, und ähnliche Dummheiten, sein Leben war nur ein Überleben, die Illusion eines Lebens. Und er fühlte sich erschöpft, erklärt er. Es gelang ihm, sich bis zur nächsten Straßenbahnhaltestelle zu schleppen, und er nahm eine Straßenbahn bis zum Terreiro do Paço. Und dabei betrachtete er durch das Fenster, wie sein Lissabon langsam an ihm vorbeizog, er betrachtete die Avenida da Liberdade mit ihren schönen Gebäuden und dann die im englischen Stil gehaltene Praça da Rossio; und am Terreiro do Paço stieg er um in die Straßenbahn, die bis zum Kastell hinauffuhr. Auf der Höhe der Kathedrale stieg er aus, denn er wohnte hier in der Nähe, in der Rua da Saudade. Er stieg mühsam die steile Straße hinauf, die zu seinem Haus führte. Er läutete bei der Portiersfrau, weil er keine Lust hatte, die Haustürschlüssel zu suchen, und die Portiersfrau, die auch seine Zugehfrau war, öffnete ihm. Doktor Pereira, sagte die Portiersfrau, ich habe Ihnen zum Abendessen eine Karbonade gebraten. Pereira dankte ihr und stieg langsam die Treppe hinauf, holte den Wohnungsschlüssel unter der Fußmatte hervor, wo er ihn immer aufbewahrte, und ging hinein. Im Vorzimmer blieb er vor dem Bücherregal stehen, wo sich das Bild seiner Frau befand. Er hatte das Foto selber geknipst, neunzehnhundertsiebenundzwanzig, während einer Reise nach Madrid, und im Hintergrund sah man die wuchtigen Umrisse des Escorial. Entschuldige, daß ich ein wenig spät komme, sagte Pereira.

Pereira erklärt, daß er seit einiger Zeit die Gewohnheit angenommen hatte, mit dem Bild seiner Frau zu sprechen. Er erzählte ihr, was er während des Tages gemacht hatte, vertraute ihr seine Gedanken an, bat um Ratschläge. Ich weiß nicht, in was für einer Welt ich lebe, sagte Pereira zum Foto, auch Pater António hat es mir gesagt, das Problem ist, daß ich an nichts anderes als an den Tod denke, mir ist, als ob die ganze Welt tot wäre oder drauf und dran sei, zu sterben. Und dann dachte Pereira an das Kind, das sie nicht bekommen hatten. Er hätte zwar eines gewollt, aber das konnte er von dieser zarten und kränkelnden Frau nicht verlangen, die nächtelang wach lag und lange Zeiten im Sanatorium verbrachte. Und es tat ihm leid. Denn wenn er jetzt einen Sohn gehabt hätte, einen erwachsenen Sohn, mit dem er hätte am Tisch sitzen und sich unterhalten können, dann hätte er nicht mit diesem Bild sprechen müssen, das auf einer lange zurückliegenden Reise entstanden war, an die er sich kaum mehr erinnerte. Und er sagte: Nun, was soll's. So verabschiedete er sich immer vom Bild seiner Frau. Dann ging er in die Küche, setzte sich an den Tisch und nahm den Deckel von der Pfanne mit der gebratenen Karbonade. Die Karbonade war kalt, aber er hatte keine Lust, sie aufzuwärmen. Er aß sie immer so, wie sie ihm die Portiersfrau hinterließ: kalt. Er aß rasch, ging ins Bad, wusch sich die Achseln, zog ein frisches Hemd an, band sich eine schwarze Krawatte um und legte ein wenig von dem spanischen Parfüm auf, das sich noch immer in dem Flakon befand, den er neunzehnhundertsiebenundzwanzig in

Madrid gekauft hatte. Dann zog er ein graues Jakkett an und verließ das Haus, um zur Praça da Alegria zu gehen, denn inzwischen war es neun Uhr abends, erklärt Pereira.

3

Pereira erklärt, daß die Stadt an diesem Abend in der Hand der Polizei zu sein schien. Er begegnete ihr überall. Er nahm ein Taxi zum Terreiro do Paço, und unter den Arkaden standen Lastwagen und Polizisten mit Karabinern. Vielleicht hatten sie Angst vor Demonstrationen oder vor Menschenansammlungen auf den Plätzen, und deshalb überwachten sie die strategischen Punkte der Stadt. Er wäre gern zu Fuß weitergegangen, denn der Kardiologe hatte ihm gesagt, er brauche Bewegung, aber er hatte nicht den Mut, an den unheimlichen Soldaten vorbeizugehen, und so nahm er die Straßenbahn, die die Rua dos Fanqueiros hinunterfuhr und deren Endstation sich auf der Praça da Figueira befand. Hier stieg er aus, erklärt er, und traf wiederum Polizei an. Diesmal mußte er an den Truppen vorbeigehen, und das verursachte ihm leichtes Unbehagen. Im Vorbeigehen hörte er, wie ein Offizier zu den Soldaten sagte: Und denkt daran, Jungs, daß die Subversiven ständig auf der Lauer liegen, ihr tut gut daran, die Augen offenzuhalten.

Pereira blickte sich um, als ob dieser Rat für ihn bestimmt gewesen wäre, und er hatte nicht den Eindruck, daß er die Augen offenhalten mußte. Die Avenida da Liberdade war ruhig, der Eiskiosk war geöffnet, und an den Tischchen saßen Leute, die die kühle Luft genossen. Er begann ruhig den Gehsteig in der Mitte entlangzuspazieren, und in diesem Augenblick, erklärt er, hörte er die Musik. Es war eine sanfte und melancholische Musik, Gitarren aus Coimbra, und diese Verbindung aus Musik und Polizei erschien ihm merkwürdig. Er dachte, sie komme von der Praça da Alegria, und so war es auch tatsächlich, denn je näher er kam, desto lauter wurde die Musik.

Der Platz sah nicht gerade aus, als befände er sich in einer belagerten Stadt, erklärt Pereira, denn er sah keine Polizei, ganz im Gegenteil, er sah nur einen Nachtwächter, der betrunken zu sein schien und auf einer Bank ein Schläfchen machte. Der Platz war mit Papiergirlanden geschmückt, und gelbe und grüne Glühbirnen hingen von Drähten, die von einem Fenster zum anderen gespannt waren. Ein paar Tischchen standen im Freien, und einige Paare tanzten. Dann sah er ein Transparent, das zwischen zwei Bäumen des Platzes gespannt war und auf dem riesengroß geschrieben stand: *Francisco Franco zu Ehren*. Und darunter, in kleineren Buchstaben: *Den portugiesischen Soldaten in Spanien zu Ehren*.

Pereira erklärt, erst in diesem Augenblick habe er verstanden, daß es sich um ein Fest von Parteigängern Salazars handelte und daß es deshalb nicht von der Polizei überwacht werden mußte. Und erst jetzt bemerkte er, daß viele Menschen ein grünes Hemd und ein Tuch um den Hals trugen. Er blieb entsetzt stehen, und in einem Augenblick dachte er an viele Dinge gleichzeitig. Er dachte, daß Monteiro Rossi vielleicht einer der Ihren war, er dachte an den Fuhrmann aus dem Alentejo, der seine Melonen mit seinem Blut besudelt hatte, er dachte daran, was Pater António sagen würde, wenn er ihn hier sähe. An all das dachte er, und er setzte sich auf die Bank, auf der der Nachtwächter sein Schläfchen hielt, und gab sich seinen Gedanken hin. Oder besser gesagt, er gab sich der Musik hin, denn die Musik gefiel ihm trotz allem. Da waren zwei alte Männer, die spielten, einer Geige und der andere Gitarre, und sie spielten herzzerreißende Melodien aus Coimbra, die aus seiner Jugend stammten, als er Student war und an die Zukunft wie an ein strahlendes Abenteuer dachte. Und auch er hatte damals bei Studentenfesten Geige gespielt, er war dünn und beweglich gewesen und hatte den Mädchen den Kopf verdreht. Wie viele schöne Mädchen waren verrückt nach ihm gewesen. Er hingegen hatte sich in ein zerbrechliches, bleiches Mädchen verliebt, das Gedichte schrieb und oft Kopfweh hatte. Und dann dachte er an andere Dinge aus seinem Leben, aber darüber will Pereira nicht sprechen, denn er erklärt, sie gingen ihn und nur ihn etwas an und fügten jenem Abend und jenem Fest, auf dem er gegen seinen Willen gelandet war, nichts hinzu. Und dann, erklärt Pereira, habe er irgendwann gesehen, wie sich von einem der Tischchen ein großer und schlanker junger Mann in einem hellen Hemd erhob und sich zwischen die beiden alten Musikanten stellte. Und er spürte, wer weiß, warum, einen Stich ins Herz, vielleicht weil er sich in diesem jungen Mann wiederzuerkennen glaubte, vielleicht weil es ihm schien, sich selbst zu der Zeit von Coimbra wiederzufinden, denn irgendwie ähnelte er ihm, nicht in den Zügen, sondern in der Art und Weise, wie er sich bewegte und die Haare trug. Und der junge Mann, dem eine Locke in die Stirn fiel, begann ein italienisches Lied zu singen, *O sole mio*, dessen Worte Pereira zwar nicht verstand, das jedoch ein Lied voller Kraft und Leben war, schön und klar, und er verstand nur die Worte »o meine Sonne« und sonst nichts, und derweil sang der junge Mann, eine leichte Atlantikbrise hatte sich wieder erhoben, und der Abend war kühl, und alles erschien ihm schön, sein bisheriges Leben, von dem er nicht sprechen möchte, Lissabon, die Kuppel des Himmels, die man über den bunten Glühbirnen sah, und er verspürte eine große Sehnsucht, aber Pereira will nicht sagen, wonach. Auf jeden Fall begriff er, daß er am Nachmittag mit dem jungen Mann, der sang, telefoniert hatte, und sobald dieser zu singen aufgehört hatte, erhob sich Pereira von der Bank, denn die Neugier war größer als seine Zurückhaltung, ging zu dem Tischchen und sagte zu dem jungen Mann: Herr Monteiro Rossi, nehme ich an. Monteiro Rossi machte Anstalten aufzustehen, stieß gegen das Tischchen, das Bierglas, das vor ihm stand, fiel um, und er bekleckerte völlig seine schöne weiße Hose. Ich bitte Sie um Entschuldigung, stammelte Pereira. Ich bin es, der unachtsam war, sagte der junge Mann, so etwas passiert mir oft, Sie sind Doktor Pereira von der *Lisboa*, vermute ich, ich bitte Sie, nehmen Sie Platz. Und er streckte ihm die Hand hin.

Pereira erklärt, er sei verlegen gewesen, als er sich an das Tischchen setzte. Insgeheim dachte er, daß er hier fehl am Platz war, daß es absurd war, einen Unbekannten bei diesem nationalistischen Fest zu treffen, daß Pater António sein Verhalten nicht gebilligt hätte; und daß er am liebsten schon wieder zu Hause gewesen wäre, um mit dem Bild seiner Frau zu sprechen und sie um Verzeihung zu bitten. Und das, was er dachte, gab ihm den Mut, eine direkte Frage zu stellen, nur um ins Gespräch zu kommen, und ohne sich allzu viele Gedanken zu machen, fragte er Monteiro Rossi: Das hier ist ein Fest der Salazar-Jugend, gehören Sie zur Salazar-Jugend?

Monteiro Rossi strich die Haarlocke zurück, die ihm in die Stirn fiel, und antwortete: Ich bin Doktor der Philosophie, ich interessiere mich für Philosophie und Literatur, aber was hat das hier mit der *Lisboa* zu tun? Viel, erklärt Pereira, gesagt zu haben, denn wir machen eine freie und unabhängige Zeitung und wollen uns nicht in die Politik einmischen.

Inzwischen begannen die beiden alten Männer wieder zu spielen, sie entlockten ihren melancholischen Saiten ein falangistisches Lied, aber Pereira begriff in diesem Augenblick, daß er sich auf ein Spiel eingelassen hatte und daß er weiterspielen mußte. Und merkwürdigerweise begriff er, daß er imstande war, es zu tun, daß er die Situation im Griff hatte, denn er war der Doktor Pereira von der *Lisboa*, und der junge Mann, der ihm gegenübersaß, hing an seinen Lippen. Und so sagte er: Ich habe Ihren Artikel über den Tod gelesen, er erschien mir sehr interessant. Ich habe eine Dissertation über den Tod geschrieben, antwortete Monteiro Rossi, dazu muß ich allerdings sagen, daß sie nicht zur Gänze auf meinem Mist gewachsen ist, den Ausschnitt, den die Zeitung veröffentlicht hat, habe ich abgeschrieben, ich gestehe es Ihnen, teilweise von Feuerbach und teilweise von einem französischen Spiritualisten, nicht einmal mein Professor hat es gemerkt, wissen Sie, die Professoren sind gar nicht so gebildet, wie man glaubt. Pereira erklärt, er habe hin und her überlegt, bis er die Frage stellte, die er den ganzen Abend hatte stellen wollen, aber schließlich entschloß er sich, und davor bestellte er bei dem jungen Kellner im grünen Hemd, der sie bediente, etwas zu trinken. Entschuldigen Sie, sagte er zu Monteiro Rossi, aber ich trinke keinen Alkohol, ich trinke nur Limonade, ich nehme eine Limonade. Und während er seine Limonade schlürfte, fragte er leise, als ob ihn jemand hören und zensieren könnte: Aber Sie, entschuldigen Sie, aber ich möchte Sie das fragen, Sie interessieren sich für den Tod?

Monteiro Rossi lächelte über das ganze Gesicht, und das brachte ihn in Verlegenheit, erklärt Pereira. Aber was sagen Sie da, Doktor Pereira, rief Monteiro Rossi laut aus, mich interessiert das Leben. Und dann fuhr er leiser fort: Hören Sie, Doktor Pereira, den Tod habe ich satt, vor zwei Jahren starb meine Mutter, die Portugiesin war und an einer Volksschule unterrichtet hat, sie ist von einem Tag auf den anderen gestorben, an einem Aneurysma im Hirn, ein kompliziertes Wort, um auszudrücken, daß eine Ader platzt, mit einem Wort, ganz plötzlich, voriges Jahr starb mein Vater, der Italiener war und als Schiffsingenieur in den Hafendocks von Lissabon gearbeitet hat, er hat mir etwas hinterlassen, aber dieses Etwas ist bereits aufgebraucht, ich habe noch eine Großmutter, die in Italien lebt, aber ich habe sie nicht mehr gesehen, seit ich zwölf war, und ich habe keine Lust, nach Italien zu fahren, mir scheint, die Situation dort ist noch schlimmer als bei uns, ich habe den Tod satt, Doktor Pereira, entschuldigen Sie, wenn ich ehrlich zu Ihnen bin, aber wozu auch diese Fage?

Pereira nahm einen Schluck von seiner Limonade, wischte sich mit dem Handrücken über die Lippen und sagte: Einfach weil man in einer Zeitung hin und wieder einen Nachruf auf einen bedeutenden Schriftsteller bringen muß, und einen Nachruf kann man nicht von einem Augenblick zum anderen schreiben, man muß ihn bereits fertig vorliegen haben, und ich suche jemanden, der im voraus Nachrufe auf die großen Schriftsteller unserer Epoche schreiben kann, stellen Sie sich vor, morgen stürbe Mauriac, wie könnte ich mich da aus der Affäre ziehen?

Pereira erklärt, daß Monteiro Rossi noch ein Bier bestellte. Seitdem er gekommen war, hatte der junge Mann mindestens drei getrunken, und inzwischen war er Pereiras Meinung nach wohl schon ein wenig betrunken oder zumindest beschwipst. Monteiro Rossi strich sich die Locke zurück, die ihm in die Stirn fiel, und sagte: Doktor Pereira, ich beherrsche einige Sprachen und kenne die Schriftsteller unserer Zeit; ich mag das Leben, aber wenn Sie wollen, daß ich vom Tod spreche, und wenn Sie mich bezahlen, so wie man mich heute abend bezahlt hat, damit ich ein neapolitanisches Lied singe, dann tue ich es, und bis übermorgen schreibe ich Ihnen einen Nachruf auf García Lorca, was halten Sie von García Lorca, eigentlich hat er die spanische Avantgarde begründet, so wie unser Pessoa die portugiesische Moderne begründet hat, und außerdem ist er ein vielseitiger Künstler, er hat sich mit Lyrik, Musik und Malerei befaßt.

Pereira erklärt, er habe gesagt, daß ihm García Lorca nicht als besonders geeignet erschien, aber man könne es ja probieren, solange man maßvoll und vorsichtig vorging und sich ausschließlich auf seine Person als Künstler bezog, ohne daß man andere Aspekte erwähnte, die in Anbetracht der Situation heikel sein konnten. Und da sagte Monteiro Rossi zu ihm, so natürlich wie nur möglich: Hören Sie, entschuldigen Sie, wenn ich Sie darum bitte, ich schreibe einen Nachruf auf García Lorca, aber könnten Sie mir nicht einen Vorschuß geben? Ich muß mir eine neue Hose kaufen, diese da ist völlig bekleckert, und morgen möchte ich mit einem Mädchen ausgehen, die mich jetzt abholt und die ich auf der Universität kennengelernt habe, sie ist eine Studienkollegin und gefällt mir sehr, ich möchte sie ins Kino ausführen.

4

Das Mädchen, das dann kam, erklärt Pereira, trug einen Hut aus Zwirn. Sie war wunderschön, von heller Hautfarbe, mit grünen Augen und wohlgerundeten Armen. Sie trug ein Kleid mit Trägern, die sich im Rücken überkreuzten und die ihre weichen und schön geformten Schultern betonten.

Das ist Marta, sagte Monteiro Rossi, Marta, darf ich dir Doktor Pereira von der *Lisboa* vorstellen, er hat mich heute abend engagiert, von nun an bin ich Journalist, wie du siehst, habe ich Arbeit gefunden. Und sie sagte: Sehr erfreut, Marta. Und dann, zu Monteiro Rossi gewandt, sagte sie: Ich weiß nicht, warum ich zu einer Veranstaltung wie dieser gekommen bin, aber da ich schon einmal hier bin, warum tanzt du nicht mit mir, mein Dummerchen; angesichts der verlockenden Musik und des wunderbaren Abends?

Pereira erklärt, daß er allein am Tischchen sitzen blieb, er bestellte noch eine Limonade und trank sie in kleinen Schlucken, wobei er die jungen Leute betrachtete, die Wange an Wange tanzten. Pereira erklärt, in diesem Augenblick habe er wieder an sein bisheriges Leben gedacht, an die Kinder, die er nicht gehabt hatte, aber zu diesem Thema will er keine weiteren Erklärungen abgeben. Nach dem Tanzen setzten sich die jungen Leute an das Tischchen, und Marta sagte, als ob sie von etwas anderem spräche: Heute habe ich die *Lisboa* gekauft, leider berichtet sie nicht von dem Mann aus dem Alentejo, den die

Polizei auf seinem Fuhrwerk umgebracht hat, sie berichtet nur von einer amerikanischen Yacht, keine sehr interessante Nachricht, finde ich. Und Pereira, der ein ungerechtfertigtes Gefühl der Schuld empfand, antwortete: Der Herausgeber ist auf Urlaub, ich kümmere mich nur um die Kulturseite, denn wissen Sie, ab nächster Woche wird die *Lisboa* eine Kulturseite haben, ich bin dafür zuständig.

Marta nahm den Hut ab und legte ihn auf den Tisch. Unter dem Hut quoll eine Woge kastanienbrauner Haare hervor, die rot schimmerten, erklärt Pereira, sie schien ein paar Jahre älter zu sein als ihr Gefährte, vielleicht war sie sechsundzwanzig oder siebenundzwanzig, und er fragte sie: Und was machen Sie so? Ich schreibe Geschäftsbriefe für eine Import-Export-Firma, antwortete Marta, aber ich arbeite nur am Vormittag, damit ich am Nachmittag lesen, spazierengehen und hin und wieder Monteiro Rossi treffen kann. Pereira erklärt, es sei ihm merkwürdig erschienen, daß sie den jungen Mann mit Monteiro Rossi, mit seinem Nachnamen ansprach, als ob sie nur Studienkollegen wären, aber er sagte nichts, sondern wechselte das Thema und meinte, einfach um etwas zu sagen: Ich dachte, Sie sind ein Mitglied der Salazar-Jugend. Und Sie? erwiderte Marta. Ach, sagte Pereira, meine Jugend ist schon einige Zeit vorbei, und was die Politik anbelangt, die mich, nebenbei gesagt, nicht sehr interessiert, mag ich keine Fanatiker, mir scheint, die Welt ist voller Fanatiker. Man muß zwischen Fanatismus und Glauben unterscheiden, antwortete Marta, denn Ideale kann man haben, zum Beispiel daß die Menschen frei und gleich und auch Brüder sein sollen, entschuldigen Sie, eigentlich plappere ich die Französische Revolution nach, glauben Sie an die Französische Revolution? Theoretisch ja, antwortete Pereira; und er bereute das »theoretisch«, denn er hätte gerne gesagt: praktisch ja; aber eigentlich hatte er gesagt, was er dachte. Und in diesem Augenblick stimmten die beiden Alten mit der Geige und der Gitarre einen Walzer in F-Dur an, und Marta sagte: Doktor Pereira, diesen Walzer würde ich gerne mit Ihnen tanzen. Er sei aufgestanden, erklärt Pereira, habe sie am Arm genommen und zu der Tanzfläche geführt. Und er tanzte diesen Walzer fast schwungvoll, als ob sein Bauch und das ganze Fleisch wie durch einen Zauber verschwunden wären. Und dabei betrachtete er den Himmel über den bunten Glühbirnen auf der Praça da Alegria, und er fühlte sich winzig klein, eins mit dem Universum. Da ist ein fetter ältlicher Mann, der mit einem jungen Mädchen auf irgendeinem Platz des Universums tanzt, dachte er, und derweil kreisen die Gestirne, das Universum ist in Bewegung, und vielleicht betrachtet uns jemand von einem Observatorium in der Unendlichkeit aus. Dann kehrten sie an ihr Tischchen zurück, und Pereira erklärt, daß er dachte: Warum habe ich keine Kinder bekommen? Er bestellte noch eine Limonade, in der Hoffnung, sie würde ihm guttun, denn am Nachmittag bei dieser mörderischen Hitze hatte er Probleme mit der Verdauung gehabt. Und Marta plauderte derweil, als ob sie sich durch und durch wohl fühlte, und sagte: Monteiro Rossi hat mir von Ihrem journalistischen Projekt erzählt, ich halte das für eine gute Idee, es gibt einen Haufen Schriftsteller, die gut und gern abtreten könnten, zum Glück ist dieser unausstehliche Rapagnetta, der sich D'Annunzio nannte, vor ein paar Monaten gestorben, aber auch um Claudel, diese Betschwester, wäre es nicht schade, meinen Sie nicht? Und Ihre Zeitung, die anscheinend zum Katholizismus tendiert, würde gewiß gern darüber berichten, und auch dieser Gauner Marinetti, dieser widerliche Typ, der sich, nachdem er den Krieg und die Granaten besungen hat, auf die Seite von Mussolinis Schwarzhemden geschlagen hat, könnte das Zeitliche segnen. Pereira begann leicht zu schwitzen, erklärt er, und flüsterte: Fräulein, sprechen Sie leiser, ich weiß nicht, ob Sie sich ganz im klaren darüber sind, wo wir uns befinden. Und da setzte Marta ihren Hut wieder auf und sagte: Tja, mir reicht es hier, mir geht das hier auf die Nerven, Sie werden sehen, bald fangen sie an, Militärmärsche zu spielen, ich lasse Sie lieber mit Monteiro Rossi allein, ihr habt gewiß einiges zu besprechen, ich gehe inzwischen zum Tejo hinunter, ich brauche frische Luft, gute Nacht und auf Wiedersehen.

Pereira erklärt, daß er sich etwas erleichtert fühlte, er trank seine Limonade aus und war versucht, noch eine zu bestellen, zögerte jedoch, weil er nicht wußte, wie lange Monteiro Rossi noch bleiben wollte. Also fragte er: Was meinen Sie, sollen wir noch etwas zu trinken bestellen? Monteiro Rossi stimmte zu, sagte, daß er den ganzen Abend zur Verfügung habe und Lust habe, über Literatur zu sprechen, er hatte so selten Gelegenheit, für gewöhnlich sprach er über Philosophie, er kannte nur Leute, die sich ausschließlich mit Philosophie beschäftigten. Und in diesem Augenblick fiel Pereira ein Satz ein, den sein Onkel, der ein gescheiterter Dichter war, immer zu ihm gesagt hatte, und er sprach ihn aus. Er sagte: Der Philosophie scheint es nur um die Wahrheit zu gehen, aber vielleicht phantasiert sie, und der Literatur scheint es nur um die Phantasie zu gehen, aber vielleicht sagt sie die Wahrheit. Monteiro Rossi lächelte und sagte, das scheine ihm eine schöne Definition der beiden Disziplinen zu sein. Also fragte ihn Pereira: Und was halten Sie von Bernanos? Zunächst einmal schien Monteiro Rossi ein wenig verwirrt zu sein und fragte: Der katholische Schriftsteller? Pereira nickte, und Monteiro Rossi sagte leise: Hören Sie, wie ich Ihnen bereits heute am Telefon gesagt habe, denke ich nicht sehr viel an den Tod, und ich beschäftige mich auch nicht allzusehr mit dem Katholizismus, wissen Sie, mein Vater war Schiffsingenieur, er war ein praktischer Mann, der an den Fortschritt und an die Technik glaubte, er hat mich in diesem Sinne erzogen, er war zwar Italiener, aber vielleicht hat er mich ein wenig auf englische Art erzogen, mir eine pragmatische Sicht der Dinge vermittelt; ich mag zwar Literatur, aber vielleicht haben wir einen unterschiedlichen Geschmack, zumindest in Hinsicht auf gewisse Schriftsteller, aber ich brauche dringend Arbeit und bin bereit, für alle Schriftsteller, von denen Sie beziehungsweise die Redaktion Ihrer Zeitschrift es wünschen, Nachrufe im voraus zu schreiben. In diesem Augenblick, erklärt Pereira, habe ihn eine Anwandlung von Stolz überkommen. Er fand es ärgerlich, daß ihm dieser junge Mann eine Lektion in Berufsethos erteilte, mit einem Wort, er fand ihn arrogant. Und da beschloß er, ebenfalls einen arroganten Ton anzuschlagen, und er antwortete: Ich bin, was meine literarischen Entscheidungen anbelangt, nicht vom Herausgeber abhängig, für die Kulturseite bin ich selber zuständig, und ich wähle die Schriftsteller aus, die mich interessieren, deshalb beschließe ich, Sie mit der Aufgabe zu betrauen und Ihnen freie Hand zu lassen, ich hätte Ihnen gern Bernanos und Mauriac vorgeschlagen, weil sie mir gefallen, aber ich schreibe Ihnen nichts vor, Sie sind es, der entscheidet, machen Sie, was Ihnen gefällt. Pereira erklärt, daß er es augenblicklich bereute, ein solches Zugeständnis gemacht, sein Verhältnis zum Herausgeber aufs Spiel gesetzt zu haben, um diesem jungen Mann freie Hand zu lassen, den er nicht kannte und der ihm freimütig gestanden hatte, seine Dissertation abgeschrieben zu haben. Einen Augenblick lang hatte er das Gefühl, in der Falle zu sitzen, er begriff, daß er sich freiwillig in eine dumme Situation manövriert hatte. Aber zum Glück nahm Monteiro Rossi das Gespräch wieder auf und begann von Bernanos zu sprechen, den er offensichtlich ziemlich gut kannte. Und dann sagte er: Bernanos ist ein mutiger Mann, er hat keine Angst, von den Kellergeschossen seiner Seele zu sprechen. Und bei dem Wort »Seele«, erklärt Pereira, erholte er sich von seinem Schrecken, es war, als ob ihn ein Balsam von einer Krankheit befreit hätte, und dann stellte er eine etwas dumme Frage: Glauben Sie an die Auferstehung des Fleisches? Darüber habe ich noch nie nachgedacht, antwortete Monteiro Rossi, das ist kein Problem, das mich interessiert, ich versichere Ihnen, das ist kein Problem, das mich interessiert, ich könnte morgen in die Redaktion kommen, ich kann Ihnen auch im voraus einen Nachruf auf Bernanos schreiben, aber ehrlich gesagt wäre mir ein Nachruf auf García Lorca lieber. Gewiß, sagte Pereira, die Redaktion bin ich, ich bin in der Rua Rodrigo da Fonseca Nummer sechsundsechzig zu finden, neben der Rua Alexandre Herculano, ein paar Schritte von der jüdischen Fleischerei entfernt, erschrecken Sie nicht, wenn Sie die Portiersfrau auf der Treppe treffen, sie ist eine Megäre, sagen Sie ihr, daß Sie eine Verabredung mit Doktor Pereira haben, und reden Sie nicht zuviel mit ihr, sie ist wahrscheinlich eine Informantin der Polizei.

Pereira erklärt, daß er nicht weiß, warum er das sagte, vielleicht einfach, weil er die Portiersfrau und die salazaristische Polizei verabscheute, jedenfalls war es ihm ein Bedürfnis, es zu sagen, aber nicht, um eine eingebildete Komplizenschaft mit diesem jungen Mann herzustellen, den er noch nicht kannte: nicht deshalb, aber den genauen Grund kennt er nicht, erklärt Pereira.

5

Pereira erklärt, als er am Tag darauf am Morgen aufstand, habe er ein Sandwich mit einer Käseomelette darin vorgefunden. Es war zehn Uhr, und die Zugehfrau kam um acht. Offensichtlich hatte sie es ihm zubereitet, damit er es zum Mittagessen mit in die Redaktion nahm, Piedade wußte genau, was ihm schmeckte, und Pereira liebte Käseomeletten. Er trank eine Tasse Kaffee, nahm ein Bad, zog das Jakkett an, beschloß aber, keine Krawatte zu tragen. Er steckte jedoch eine in die Tasche. Bevor er ging, blieb er vor dem Bild seiner Frau stehen und sagte zu ihm: Ich habe einen Jungen kennengelernt, der sich Monteiro Rossi nennt, und beschlossen, ihn als freien Mitarbeiter anzustellen, damit er mir im voraus Nachrufe schreibt, ich dachte, er sei sehr aufgeweckt, aber er kommt mir sehr verträumt vor, hätten wir einen Sohn gehabt, wäre er vielleicht so alt wie unser Sohn, er sieht mir ein wenig ähnlich, eine Haarlocke fällt ihm in die Stirn, erinnerst du dich an die Zeit, als auch mir eine Haarlocke in die Stirn fiel, das war damals in Coimbra, tja, ich weiß nicht, was ich dir sagen soll, wir werden sehen, heute besucht er mich in der Redaktion, er hat gesagt, daß er mir einen Nachruf bringt, er hat eine schöne Freundin, die Marta heißt und kupferfarbenes Haar hat, aber sie gibt sich ein wenig zu locker und spricht über Politik, na gut, wir werden sehen.

Er fuhr mit der Straßenbahn bis in die Rua Alexandre Herculano und ging dann mühsam zu Fuß bis in die Rua Rodrigo da Fonseca. Als er die Haustür erreichte, war er schweißgebadet, denn es war ein glühendheißer Tag. Im Hauseingang traf er wie gewöhnlich die Portiersfrau an, die zu ihm sagte: Guten Tag, Doktor Pereira. Pereira grüßte sie mit einem Kopfnicken und stieg die Treppe hinauf. Kaum hatte er die Redaktion betreten, zog er das Jackett aus und machte den Ventilator an. Er wußte nicht, was er tun sollte, und es war beinahe Mittag. Er überlegte sich, ob er sein Sandwich mit der Omelette darin essen sollte, aber es war noch zu früh. Da fiel ihm die Kolumne »Jahrestage« ein, und er begann zu schreiben: »Vor nunmehr drei Jahren starb der große Dichter Fernando Pessoa. Er hatte eine englische Erziehung genossen, aber er beschloß, auf portugiesisch zu schreiben, denn er erklärte, seine Heimat sei die portugiesische Sprache. Er hat uns wunderschöne Gedichte hinterlassen, die in verschiedenen Zeitschriften erschienen sind, und ein kleines Versepos, *Botschaft*, das die Geschichte Portugals aus der Sicht eines großen Dichters erzählt, der seine Heimat liebte.« Er las, was er geschrieben hatte, und fand es widerwärtig, das Wort ist widerwärtig, erklärt Pereira. Also warf er das Blatt in den Papierkorb und schrieb: »Fernando Pessoa ist vor drei Jahren von uns gegangen. Wenige haben von ihm Notiz genommen, sehr wenige. Er lebte in Portugal wie ein Fremder, vielleicht weil er überall ein Fremder war. Er lebte allein, in bescheidenen Pensionen oder zur Untermiete. Es gedenken seiner die Freunde, die Gesinnungsgenossen, die, die die Dichtung lieben.«

Dann nahm er das Sandwich mit der Omelette darin und biß hinein. In diesem Augenblick hörte er, daß es an der Tür klopfte, er versteckte das Sandwich mit der Omelette darin in der Schreibtischlade, wischte sich den Mund mit Schreibmaschinenpapier ab und sagte: Herein. Es war Monteiro Rossi. Guten Tag, Doktor Pereira, sagte Monteiro Rossi, entschuldigen Sie, vielleicht bin ich zu früh dran, aber ich habe Ihnen etwas gebracht, kurz und gut, gestern abend, als ich nach Hause kam, hatte ich eine Inspiration, und außerdem dachte ich, daß man hier in der Redaktion vielleicht etwas essen könnte. Pereira erklärte ihm geduldig, daß dieses Zimmer nicht die Redaktion war, es war nur die ausgelagerte Kulturredaktion, und daß er, Pereira, die Kulturredaktion war, er glaubte, es ihm bereits gesagt zu haben, es gab nur ein Zimmer mit einem Schreibtisch und einem Ventilator, denn die *Lisboa* war eine kleine Abendzeitung. Monteiro Rossi nahm Platz und zog ein doppelt gefaltetes Blatt Papier hervor. Pereira nahm und las es. Nicht zur Veröffentlichung geeignet, erklärt Pereira, der Artikel war tatsächlich nicht zur Veröffentlichung geeignet. Er beschrieb den Tod García Lorcas und begann folgendermaßen: »Vor zwei Jahren verschied unter nicht geklärten Umständen der große spanische Dichter Federico García Lorca. Der Verdacht fällt auf seine politischen Gegner, denn er wurde ermordet. Die ganze Welt fragt sich noch immer, wie es zu einer derartigen Greueltat kommen konnte.«

Pereira hob den Kopf vom Papier und sagte: Lieber Monteiro Rossi, Sie sind ein hervorragender Romancier, aber meine Zeitung ist nicht der passende Ort, um Romane zu schreiben, in einer Zeitung schreibt man Dinge, die der Wahrheit entsprechen oder der Wahrheit nahekommen, von einem Schriftsteller dürfen Sie nicht sagen, wie er gestorben ist, unter welchen Umständen und warum, Sie sollen einfach sagen, daß er gestorben ist, und dann sollen Sie von seinem Werk sprechen, von den Romanen und Gedichten, es soll zwar ein Nachruf werden, aber im Grunde müssen Sie eine Kritik schreiben, ein Porträt des Menschen und des Werkes, was Sie geschrieben haben, ist absolut nicht zu gebrauchen, der Tod García Lorcas ist noch immer ungeklärt, was wäre, wenn sich die Dinge ganz anders zugetragen hätten?

Monteiro Rossi warf ein, daß Pereira den Artikel nicht zu Ende gelesen habe, ein Stück weiter spreche er vom Werk, von der Bedeutung und vom Format des Menschen und des Künstlers. Pereira las geduldig weiter. Gefährlich, erklärt er, der Artikel sei gefährlich gewesen. Er sprach vom tiefen Süden Spaniens, vom erzkatholischen Spanien, das García Lorca in *Bernarda Albas Haus* aufs Korn genommen hatte, er sprach von der »Barraca«, dem Wandertheater, mit dem García Lorca zu den Leuten gefahren war. Und dann folgte ein Loblied auf das spanische Volk, dessen Hunger nach Kultur und nach Theater García Lorca zufriedengestellt hatte. Er habe den Kopf von dem Blatt gehoben, erklärt Pereira, sich durch die Haare gestrichen, sich die Hemdsärmel aufgekrempelt und gesagt: Lieber Monteiro Rossi, gestatten Sie mir, ehrlich zu Ihnen zu sein, Ihr Artikel ist nicht zur Veröffentlichung geeignet, wirklich nicht zur Veröffentlichung geeignet. Ich kann ihn nicht veröffentlichen, aber auch keine andere portugiesische Zeitung könnte ihn veröffentlichen, und nicht einmal eine italienische Zeitung, da Italien Ihr Heimatland ist. Es gibt zwei Möglichkeiten: Entweder sind Sie verrückt oder ein Provokateur, und der Journalismus, den man heutzutage in Portugal betreibt, duldet weder Verrückte noch Provokateure, und das ist alles.

Pereira erklärt, er habe gespürt, wie ihm ein Schweißtropfen den Rücken hinunterlief, als er dies sagte. Warum begann er zu schwitzen? Wer weiß. Das kann er nicht genau sagen. Vielleicht weil es sehr heiß war, das steht außer Zweifel, und der kleine Ventilator nicht ausreichte, das enge Zimmer zu kühlen. Aber vielleicht auch, weil ihm dieser junge Mann leid tat, der ihn mit verträumter und enttäuschter Miene ansah und begonnen hatte, an einem Nagel zu knabbern, während er sprach. So daß er nicht den Mut hatte zu sagen: Na gut, es war ein Versuch, aber es hat nicht funktioniert, auf Wiedersehen. Statt dessen betrachtete er Monteiro Rossi mit gekreuzten Armen, und Monteiro Rossi sagte: Ich schreibe den Text um, bis morgen schreibe ich ihn um. O nein, sagte Pereira mit letzter Kraft, nicht García Lorca, bitte nicht, in seinem Leben und seinem Werk gibt es zu viele Dinge, die sich nicht für eine Zeitung wie die *Lisboa* eignen, ich weiß nicht, ob Sie sich bewußt sind, lieber Monteiro Rossi, daß es im Augenblick in Spanien einen Bürgerkrieg gibt, daß die portugiesische Regierung auf der Seite

General Francisco Francos steht und daß García Lorca ein Umstürzler war, das ist das Wort: Umstürzler.

Monteiro Rossi erhob sich, als hätte er Angst vor diesem Wort, zog sich zur Tür zurück, machte einen Schritt nach vorn und sagte dann: Aber ich glaubte, ich hätte eine Arbeit gefunden. Pereira gab keine Antwort und spürte, wie ihm ein Schweißtropfen den Rücken hinunterlief. Und was soll ich jetzt machen, flüsterte Monteiro Rossi mit einer Stimme, die flehend klang. Pereira erklärt, er sei ebenfalls aufgestanden und habe sich vor den Ventilator gestellt. Er schwieg ein paar Minuten und ließ sich von der kühlen Luft das Hemd trocknen. Sie müssen mir einen Nachruf auf Mauriac schreiben, antwortete er, oder auf Bernanos, wie Sie wollen, ich weiß nicht, ob ich mich klar genug ausdrücke. Aber ich habe die ganze Nacht gearbeitet, stammelte Monteiro Rossi, ich habe erwartet, bezahlt zu werden, ich verlange ja nicht viel, ich wollte nur heute zu Mittag essen können. Pereira hätte ihm am liebsten gesagt, daß er ihm bereits am Abend davor einen Vorschuß gegeben hatte, damit er sich eine neue Hose kaufen konnte, und daß er ihm natürlich nicht ununterbrochen Geld geben konnte, denn er war schließlich nicht sein Vater. Er wäre gern energisch und hart gewesen. Und statt dessen sagte er: Wenn das heutige Mittagessen Ihr Problem ist, gut, ich kann Sie zum Mittagessen einladen, auch ich habe noch nicht gegessen und habe ein wenig Appetit, ich hätte Lust auf einen schönen gegrillten Fisch oder auf ein paniertes Schnitzel, was halten Sie davon?

Warum sagte Pereira das? Weil er allein war und ihm dieses Zimmer angst machte, weil er wirklich Hunger hatte, weil er an das Bild seiner Frau dachte oder aus sonst einem Grund? Das wisse er nicht zu sagen, erklärt Pereira.

6

Dennoch habe er ihn zum Mittagessen eingeladen, erklärt Pereira, und ein Restaurant am Rossio ausgewählt. Das schien ihm eine ihnen angemessene Wahl zu sein, denn im Grunde waren sie zwei Intellektuelle, und dies war das Café und das Restaurant der Literatur, in den zwanziger Jahren war es eine Pracht gewesen, an seinen Tischchen waren die Zeitschriften der Avantgarde entstanden, mit einem Wort, alle gingen hin, und vielleicht gab es noch immer einige, die hingingen.

Sie gingen schweigend die Avenida da Liberdade hinunter und erreichten den Rossio. Pereira entschied sich für ein Tischchen im Inneren, denn draußen, unter der Markise, war es zu heiß. Er blickte sich um, sah jedoch keinen Literaten, erklärt er. Die Literaten machen alle Ferien, sagte er, um das Schweigen zu brechen, vielleicht sind sie auf Urlaub gefahren, ans Meer oder aufs Land, wir sind die einzigen, die in der Stadt geblieben sind. Vielleicht sind sie einfach zu Hause, antwortete Monteiro Rossi, sie haben wohl keine große Lust herumzulaufen, in diesen Zeiten. Bei diesem Satz verspürte Pereira eine gewisse Melancholie. Er begriff, daß sie allein waren, daß niemand unterwegs war, mit dem sie ihre Beklemmung hätten teilen können, im Restaurant saßen zwei Damen mit Hütchen und vier finstere Männer in einer Ecke.

Pereira entschied sich für einen abseits stehenden Tisch, steckte sich die Serviette in den Hemdausschnitt, wie er es immer machte, und bestellte Weißwein. Ich habe Lust auf einen Aperitif, erklärte er Monteiro Rossi, für gewöhnlich trinke ich keinen Alkohol, aber jetzt brauche ich einen Aperitif. Monteiro Rossi bestellte ein Bier vom Faß, und Pereira fragte ihn, ob er keinen Weißwein möge. Ich trinke lieber Bier, antwortete Monteiro Rossi, es ist kühler und leichter, und bei Wein kenne ich mich nicht aus. Schade, flüsterte Pereira, wenn Sie ein guter Kritiker werden wollen, müssen Sie Ihren Geschmack kultivieren, sich bilden, Sie müssen Wein, Speisen, die Welt kennenlernen. Und dann fügte er hinzu: Und die Literatur. Und in diesem Augenblick flüsterte Monteiro Rossi: Ich sollte Ihnen etwas gestehen, aber ich habe nicht den Mut dazu. Sagen Sie es mir ruhig, sagte Pereira, ich werde so tun, als hätte ich nicht verstanden. Später, sagte Monteiro Rossi.

Er habe eine gegrillte Goldbrasse bestellt, erklärt Pereira, und Monteiro Rossi ein Gazpacho und danach Reis mit Meeresfrüchten. Der Reis wurde in einer riesigen Tonschüssel serviert, und Monteiro Rossi nahm sich dreimal, erklärt Pereira, er aß alles auf, und es war eine Riesenportion. Und dann strich er sich die Haarlocke aus der Stirn und sagte: Ich hätte gern ein Eis oder einfach ein Zitronensorbet. Pereira rechnete sich insgeheim aus, was ihn dieses Mittagessen kosten würde, und kam zu dem Schluß, daß ein Großteil seines Wochenlohns in diesem Restaurant draufging, in dem er die Literaten Lissabons anzutreffen gehofft hatte und wo statt dessen nur zwei alte Frauen mit Hütchen und vier finstere Gestalten an einem Ecktisch saßen. Er begann wieder zu schwitzen und nahm sich die Serviette aus dem Hemdkragen, er bestellte eiskaltes Mineralwasser und Kaffee, dann blickte er Monteiro Rossi in die Augen und sagte: Und jetzt gestehen Sie mir, was Sie mir vor dem Essen gestehen wollten. Pereira erklärt, daß Monteiro Rossi zuerst zur Decke blickte, dann sah er ihn an und wich seinem Blick aus, dann hüstelte er und wurde rot wie ein Kind und antwortete: Ich bin ein wenig verlegen, entschuldigen Sie. Es gibt nichts auf dieser Welt, weswegen man sich schämen müßte, sagte Pereira, sofern man nicht gestohlen oder Vater und Mutter entehrt hat. Monteiro Rossi wischte sich den Mund mit der Serviette ab, als wolle er die Worte zurückhalten, strich sich die Haarlocke aus der Stirn und sagte: Ich weiß nicht, wie ich es sagen soll, ich weiß, daß Sie Professionalität verlangen, daß ich von meinem Verstand Gebrauch machen sollte, aber ich habe es nun einmal vorgezogen, mich von anderen Motiven leiten zu lassen. Drücken Sie sich genauer aus, drängte ihn Pereira. Nun, stammelte Monteiro Rossi, nun, die Wahrheit ist, die Wahrheit ist, daß ich die Stimme des Herzens habe sprechen lassen, vielleicht hätte ich das nicht tun sollen, vielleicht habe ich es nicht einmal gewollt, aber es war stärker als ich, ich schwöre Ihnen, ich wäre imstande gewesen, einen Nachruf auf García Lorca mit dem Verstand zu schreiben, aber es war stärker als ich. Er wischte sich aufs neue den Mund mit der Serviette ab und fügte hinzu: Und außerdem bin ich in Marta verliebt. Und was hat das damit zu tun? erwiderte Pereira. Ich weiß nicht, antwortete Monteiro Rossi, vielleicht hat es nichts damit zu tun, aber auch dabei handelt es sich um die Stimme des Herzens, meinen Sie nicht, auf seine Weise ist auch das ein Problem. Das Problem ist, daß Sie sich nicht in Probleme stürzen sollten, die Ihnen über den Kopf wachsen, hätte Pereira gerne geantwortet. Das Problem ist, daß die Welt ein Problem ist und wir es gewiß nicht lösen werden, hätte Pereira gerne gesagt. Das Problem ist, daß Sie jung sind, zu jung, Sie könnten mein Sohn sein, hätte Pereira gerne gesagt, aber ich mag es nicht, daß Sie mich für Ihren Vater halten, ich bin nicht da, um Ihre Widersprüche zu lösen. Das Problem ist, daß die Beziehung zwischen uns korrekt und professionell sein sollte, hätte Pereira gerne gesagt, und Sie das Schreiben lernen müssen, sonst, wenn Sie mit dem Herzen schreiben, werden Sie große Schwierigkeiten bekommen, das kann ich Ihnen versichern.

Aber er sagte nichts von alldem. Er zündete sich eine Zigarre an, wischte sich mit der Serviette den Schweiß ab, der ihm über die Stirn lief, öffnete den obersten Hemdknopf und sagte: Es gibt nichts Wichtigeres als die Stimme des Herzens, man sollte immer der Stimme des Herzens folgen, das steht zwar nicht in den Zehn Geboten, aber ich sage es Ihnen, trotzdem sollte man die Augen offenhalten, trotz allem, Herz, ja, schön und gut, aber auch die Augen schön offenhalten, lieber Monteiro Rossi, und damit ist unser Mittagessen zu Ende, rufen Sie mich in den nächsten drei oder vier Tagen nicht an, ich gebe Ihnen jede Menge Zeit, damit Sie nachdenken und etwas Ordentliches schreiben können, aber wirklich etwas Ordentliches, rufen Sie mich nächsten Samstag in der Redaktion an, gegen Mittag.

Pereira stand auf, streckte ihm die Hand hin und sagte auf Wiedersehen. Warum hatte er ihm das alles gesagt, wo er ihm doch etwas ganz anderes hätte sagen wollen, wo er ihm hätte Vorwürfe machen, ihn möglicherweise sogar hätte entlassen wollen? Pereira weiß es nicht zu sagen. Vielleicht weil das Restaurant menschenleer war, weil er keinen Schriftsteller gesehen hatte, weil er sich in dieser Stadt allein fühlte und einen Komplizen und einen Freund brauchte? Vielleicht aus diesen Gründen und auch noch aus anderen, die er nicht zu erklären vermag. Es ist schwierig, eine konkrete Überzeugung zu haben, wenn man von der Stimme des Herzens spricht, erklärt Pereira.

7

Pereira erklärt, als er am Freitag darauf mit seinem Paket mit dem Sandwich und der Omelette darin in die Redaktion gekommen sei, habe er einen Umschlag gesehen, der aus dem Briefkasten der *Lisboa* herausragte. Er nahm ihn und steckte ihn in die Tasche. Auf dem Treppenabsatz des obersten Stockwerks traf er die Portiersfrau, die zu ihm sagte: Guten Tag, Doktor Pereira, ein Brief ist für Sie da, ein Expreßbrief, der Briefträger hat ihn um neun gebracht, ich mußte unterschreiben. Pereira stieß zwischen den Zähnen ein »Danke« hervor und stieg weiter die Treppe hinauf. Ich habe die Verantwortung auf mich genommen, fuhr die Portiersfrau fort, aber ich will keinen Ärger bekommen, es steht ja kein Absender darauf. Pereira erklärt, er sei wieder drei Stufen hinabgestiegen und habe ihr ins Gesicht gesehen. Hören Sie zu, Celeste, sagte Pereira, Sie sind die Portiersfrau, und damit hat es sich, Sie werden dafür bezahlt, daß Sie Ihre Arbeit als Portiersfrau tun, und erhalten Ihren Lohn von den Mietern dieses Gebäudes, zu denen auch meine Zeitung gehört, aber Sie haben den Fehler, Ihre Nase in Angelegenheiten zu stecken, die Sie nichts angehen, wenn also das nächstemal ein Expreßbrief für mich kommt, unterschreiben Sie nicht und schauen Sie ihn nicht an, sagen Sie dem Briefträger, er solle später noch einmal vorbeikommen und ihn mir persönlich überreichen. Die Portiersfrau lehnte den Besen, mit dem sie den Treppenabsatz fegte, an die Wand und stemmte die Hände in die Seiten. Doktor Pereira, sagte sie, Sie glauben, so mit mir sprechen zu können, weil ich eine einfache Portiersfrau bin, aber Sie sollen wissen, daß ich hochgestellte Persönlichkeiten zu meinen Freunden zähle, Leute, die mich vor Ihrem schlechten Benehmen in Schutz nehmen können. Das glaube ich gern, besser gesagt, ich weiß es, habe er gesagt, erklärt Pereira, und genau das gefällt mir nicht, und jetzt auf Wiedersehen.

Als Pereira die Tür zu seinem Zimmer öffnete, fühlte er sich erschöpft und war schweißgebadet. Er machte den Ventilator an und setzte sich an seinen Schreibtisch. Er legte das Sandwich mit der Omelette darin auf ein Blatt Schreibmaschinenpapier und nahm den Brief aus der Tasche. Auf dem Umschlag stand: Doktor Pereira, *Lisboa*, Rua Rodrigo da Fonseca 66, Lissabon. Es war eine elegante Schrift in blauer Tinte. Pereira legte den Brief neben die Omelette und zündete sich eine Zigarre an. Der Kardiologe hatte ihm verboten zu rauchen, aber jetzt hatte er Lust auf ein paar Züge, vielleicht würde er sie danach ausmachen. Er dachte, er würde den Brief später öffnen, denn zuerst einmal mußte er die Kulturseite für den nächsten Tag planen. Er wollte den Artikel über Pessoa, den er für die Kolumne »Jahrestage« geschrieben hatte, überarbeiten, aber dann beschloß er, daß er ihn ruhig so lassen konnte. Dann begann er die Erzählung von Maupassant zu lesen, die er übersetzt hatte, um zu sehen, ob noch Korrekturen nötig waren. Er fand nichts zu verbessern. Die Erzählung war vollkommen, und Pereira beglückwünschte sich. Dadurch habe er sich ein wenig besser gefühlt, erklärt er. Dann holte er ein Porträt Maupassants, das er in der Stadtbibliothek in einer Zeitschrift gefunden hatte, aus der Jackentasche. Es war die Bleistiftzeichnung eines unbekannten französischen Malers. Maupassant hatte einen verzweifelten Gesichtsausdruck, mit seinem ungepflegten Bart und dem ins Leere gehenden Blick, und Pereira dachte, es passe perfekt zu der Erzählung. Im übrigen war es eine Erzählung von Liebe und Tod, da brauchte man ein Bild, das etwas Tragisches hatte. Er mußte mitten im Artikel ein Insert machen mit den wichtigsten Daten zu Maupassants Biographie. Pereira schlug den Larousse auf, der auf seinem Schreibtisch lag, und begann abzuschreiben. Er schrieb: »Guy de Maupassant, 1850 bis 1893. Er erbte, ebenso wie sein Bruder Hervé, vom Vater eine Krankheit venerischen Ursprungs, die zunächst zu geistiger Umnachtung und dann zu einem frühen Tod führte. Nahm mit zwanzig Jahren am Deutsch-Französischen Krieg teil, war Beamter des Marineministeriums. Begabter Schriftsteller mit Neigung zur Satire, beschrieb in seinen Novellen die Schwächen und die Feigheit einer bestimmten französischen Gesellschaftsschicht. Schrieb auch sehr erfolgreiche Romane wie *Bel-Ami* und die phantastische Erzählung *Le Horla*. Als er in geistige Umnachtung verfiel, wurde er in die Klinik des Doktor Blanche eingeliefert, wo er arm und vereinsamt starb.«

Dann nahm er das Sandwich mit der Omelette darin und biß drei- oder viermal ab. Den Rest warf er in den Papierkorb, weil er keinen Hunger hatte, es sei zu heiß gewesen, erklärt er. Danach öffnete er den Brief. Es war ein maschinengeschriebener Artikel, auf Durchschlagpapier, und der Titel lautete: *Filippo Tommaso Marinetti ist verstorben*. Pereira gab es einen Stich ins Herz, weil er, ohne einen Blick auf die zweite Seite zu werfen, begriff, daß Monteiro Rossi der Autor war, und weil er sofort begriff, daß dieser Artikel nicht zu gebrauchen war, es war ein nutzloser Artikel, er hätte sich einen Nachruf auf Bernanos oder auf Mauriac gewünscht, die möglicherweise an die Auferstehung des Fleisches glaubten, aber dies war ein Nachruf auf Filippo Tommaso Marinetti, der an den Krieg glaubte, und Pereira begann ihn zu lesen. Der Artikel war wirklich zum Wegwerfen, aber Pereira warf ihn nicht weg, wer weiß, warum er ihn aufbewahrte, und deshalb kann er ihn als Beweisstück vorlegen. Er begann so: »Mit Marinetti stirbt ein Gewalttäter, denn seine Muse war die Gewalt. 1909 veröffentlichte er zunächst ein ›Futuristisches Manifest‹ in einer Pariser Zeitung, ein Manifest, in dem er den Mythos des Krieges und der Gewalt verherrlichte. Als Feind der Demokratie, als Kriegshetzer und -treiber, verherrlichte er schließlich den Krieg in einem merkwürdigen kleinen Gedicht mit dem Titel ›Zang Tumb Tumb‹, einer phonetischen Darstellung des Kolonialkrieges, den Italien in Afrika führte. Und seine kolonialistische Haltung brachte ihn dazu, den italienischen Libyenfeldzug zu verherrlichen. Unter anderem schrieb er ein widerliches Manifest: *Krieg, einzige Hygiene der Welt*. Auf Fotos sieht man einen Mann in arroganten Posen, mit gezwirbeltem Schnurrbart und einer Menge Medaillen auf dem Rock des Akademiemitglieds. Der italienische Faschismus hat ihm viele verliehen, denn Marinetti war sein überzeugter Befürworter. Mit ihm stirbt eine finstere Gestalt, ein Kriegshetzer ...«

Pereira hörte auf, den maschinengeschriebenen Teil zu lesen, und ging zum Brief über, denn der Artikel wurde von einem handgeschriebenen Brief begleitet. Darin stand: »Sehr geehrter Herr Doktor Pereira, ich bin der Stimme des Herzens gefolgt, aber es ist nicht meine Schuld. Im übrigen haben Sie selbst mir gesagt, die Stimme des Herzens sei am wichtigsten. Ich weiß nicht, ob der Nachruf zur Veröffentlichung geeignet ist, und außerdem lebt Marinetti vielleicht noch zwanzig Jahre, wer weiß. Wie dem auch sei, ich wäre Ihnen sehr dankbar, wenn Sie mir eine Kleinigkeit schicken würden. In die Redaktion kann ich im Augenblick nicht kommen, aus Gründen, die ich Ihnen nicht darlegen werde. Wenn Sie mir eine kleine Summe, deren Höhe ich Ihrem Gutdünken überlasse, schicken möchten, stecken Sie sie in einen Umschlag mit meinem Namen darauf und adressieren Sie ihn an Postfach 202, Hauptpostamt, Lissabon. Ich melde mich telefonisch. Die besten Grüße und Wünsche von Ihrem Monteiro Rossi.«

Pereira steckte den Nachruf und den Brief in eine Mappe aus dem Archiv, und auf die Mappe schrieb er: »Nachrufe«. Dann schlüpfte er in das Jackett, numerierte die Seiten der Erzählung Maupassants, sammelte seine Blätter auf dem Schreibtisch ein und ging hinaus, um die Unterlagen in die Druckerei zu bringen. Er schwitzte, er fühlte sich unbehaglich und hoffte, der Portiersfrau nicht auf der Treppe zu begegnen, erklärt er.

8

An diesem Samstag vormittag, genau zu Mittag, erklärt Pereira, habe das Telefon geläutet. An diesem Tag hatte sich Pereira kein Sandwich mit Omelette in die Redaktion mitgenommen, einerseits weil er versuchte, hin und wieder eine Mahlzeit auszulassen, wie ihm der Kardiologe geraten hatte, andererseits weil er, wenn ihn der Hunger übermannte, noch immer eine Omelette im Café Orquídea essen konnte.

Guten Tag, Doktor Pereira, sagte die Stimme Monteiro Rossis, ich bin Monteiro Rossi. Ich habe auf Ihren Anruf gewartet, sagte Pereira, wo sind Sie? Ich bin nicht in der Stadt, sagte Monteiro Rossi. Entschuldigen Sie, fragte Pereira hartnäckig weiter, nicht in der Stadt, aber wo? Nicht in der Stadt, antwortete Monteiro Rossi. Er habe einen leisen Ärger verspürt, erklärt Pereira, wegen der vorsichtigen und formellen Sprechweise des anderen. Er hätte sich von Monteiro Rossi mehr Herzlichkeit und auch mehr Dankbarkeit erwartet, aber er unterdrückte seinen Ärger und sagte: Ich habe Geld an Ihr Postfach geschickt. Danke, sagte Monteiro Rossi, ich werde es abholen. Und er sagte nichts weiter. Also fragte ihn Pereira: Wann haben Sie vor, in die Redaktion zu kommen, vielleicht sollten wir uns direkt unterhalten. Ich weiß nicht, wann ich zu Ihnen kommen kann, erwiderte Monteiro Rossi, um die Wahrheit zu sagen, habe ich Ihnen gerade ein Kärtchen geschrieben, um ein Treffen an irgendeinem Ort vorzuschlagen, aber wenn möglich nicht in der Redaktion. Pereira erklärt, er habe erst in diesem Augenblick begriffen, daß etwas nicht in Ordnung war, und er fragte, wobei er die Stimme senkte, als ob ihn außer Monteiro Rossi noch jemand hören könnte: Stecken Sie in Schwierigkeiten? Monteiro Rossi gab keine Antwort, und Pereira dachte, er habe nicht verstanden. Stecken Sie in Schwierigkeiten? wiederholte Pereira. In gewisser Weise schon, sagte die Stimme Monteiro Rossis, aber darüber sollten wir uns nicht am Telefon unterhalten, ich schreibe Ihnen jetzt ein Kärtchen, um ein Treffen Mitte der Woche auszumachen, ich brauche Sie tatsächlich, Doktor Pereira, ich brauche Ihre Hilfe, aber das sage ich Ihnen persönlich, und jetzt entschuldigen Sie mich, ich telefoniere von einem ungünstigen Ort aus und muß auflegen, haben Sie Geduld, Doktor Pereira, wir unterhalten uns persönlich, auf Wiedersehen.

Im Telefon machte es klick, und Pereira legte ebenfalls auf. Er sei unruhig gewesen, erklärt er. Er überlegte sich, was zu tun sei, und traf seine Entscheidung. Zunächst einmal würde er eine Limonade im Café Orquídea trinken, und dann würde er noch lang genug bleiben, um eine Omelette zu essen. Am Nachmittag würde er dann einen Zug nach Coimbra nehmen und das Thermalbad in Buçaco besuchen. Gewiß würde er den Herausgeber der Zeitung treffen, das war nicht zu vermeiden, und Pereira hatte keine Lust, mit ihm zu reden, hatte jedoch eine gute Ausrede, um ihm nicht Gesellschaft leisten zu müssen, denn im Thermalbad hielt sich sein Freund Silva auf, der dort seinen Urlaub verbrachte und ihn mehrmals eingeladen hatte. Silva war ein alter Studienkollege aus Coimbra, der jetzt Literatur an der dortigen Universität lehrte, er war ein gebildeter, vernünftiger und ruhiger Mann, ein Junggeselle, es würde ein Vergnügen sein, zwei, drei Tage mit ihm zu verbringen. Und außerdem würde er das wohltuende Mineralwasser trinken, im Park spazierengehen, und vielleicht würde er ein paar Inhalationen machen, denn er litt unter Atemnot, vor allem beim Treppensteigen mußte er mit offenem Mund atmen.

Er heftete ein Kärtchen an die Tür: »Komme Mitte der Woche zurück, Pereira.« Zum Glück begegnete er auf der Treppe nicht der Portiersfrau, und das tröstete ihn. Er trat ins gleißende Mittagslicht hinaus und ging zum Café Orquídea. Als er an der jüdischen Fleischerei vorbeiging, sah er eine Menschenansammlung und blieb stehen. Er bemerkte, daß die Scheibe des Schaufensters zerschlagen und die Fassade mit Buchstaben beschmiert war, die der Fleischer mit weißer Farbe übertünchte. Er bahnte sich einen Weg durch die Menschenansammlung und näherte sich dem Fleischer, er kannte ihn gut, den jungen Mayer, er hatte auch seinen Vater gut gekannt, in den Cafés am Flußufer hatte er oft eine Limonade mit ihm getrunken. Dann war der alte Mayer gestorben und hatte die Fleischerei seinem Sohn David hinterlassen, einem korpulenten jungen Mann mit vorstehendem Bauch, trotz seines jungendlichen Alters, und jovialem Gesichtsausdruck. David, fragte Pereira, als er näher kam, was ist geschehen? Das sehen Sie doch selbst, Doktor Pereira, antwortete David und wischte sich die mit Farbe beschmierten Hände an der Schürze ab, wir leben in einer Welt von Rabauken, Rabauken waren es. Haben Sie die Polizei gerufen? fragte Pereira. Was glauben *Sie* denn, sagte David, was glauben *Sie* denn. Und er fuhr fort, die Buchstaben mit weißer Farbe zu übermalen. Pereira ging zum Café Orquídea und nahm drinnen Platz, vor dem Ventilator. Er bestellte eine Limonade und zog sich das Jackett aus. Haben Sie gehört, was los ist, Doktor Pereira? fragte Manuel. Pereira riß die Augen auf und fragte nach: Die jüdische Fleischerei? Ach was, die jüdische Fleischerei, antwortete Manuel im Weggehen, es gibt Schlimmeres.

Pereira bestellte eine Kräuteromelette und aß sie in aller Ruhe. Die *Lisboa* erschien erst um siebzehn Uhr, aber er würde keine Zeit zum Lesen haben, weil er da bereits im Zug nach Coimbra saß. Vielleicht sollte er sich eine Morgenzeitung bringen lassen, aber er bezweifelte, daß die portugiesischen Zeitungen über den Vorfall berichteten, auf den Manuel angespielt hatte. Die Gerüchte verbreiteten sich einfach so, gingen von Mund zu Mund, man mußte sich in den Cafés umhören, um informiert zu sein, dem Gerede zuhören, das war die einzige Möglichkeit, auf dem laufenden zu sein, oder man mußte irgendeine ausländische Zeitung in einem Laden an der Rua do Ouro kaufen, aber die ausländischen Zeitungen kamen, sofern sie überhaupt kamen, mit einer Verspätung von zwei oder drei Tagen, es hatte keinen Sinn, eine ausländische Zeitung zu suchen, am besten, man fragte. Aber Pereira wollte niemanden fragen, er wollte einfach ins Thermalbad fahren, ein paar ruhige Tage genießen, sich mit seinem Freund, dem Professor Silva, unterhalten und nicht an das Böse in der Welt denken. Er bestellte noch eine Limonade, ließ sich die Rechnung bringen, ging hinaus, begab sich zur Hauptpost und gab zwei Telegramme auf, eines an das Kurhotel, um ein Zimmer zu reservieren, und eines an seinen Freund Silva. »Ankomme in Coimbra mit dem Abendzug. Stop. Wäre dir dankbar, wenn du mich mit dem Auto abholen könntest. Stop. Herzlichst, Pereira.«

Dann ging er nach Hause, um den Koffer zu packen. Er habe sich gedacht, daß er die Fahrkarte direkt am Bahnhof lösen würde, er hatte ja jede Menge Zeit, erklärt er.

9

Als er am Bahnhof von Coimbra ankam, war über der Stadt ein prächtiger Sonnenuntergang zu sehen, erklärt Pereira. Er blickte sich auf dem Bahnsteig um, aber sein Freund Silva war nicht zu sehen. Er dachte, das Telegramm sei nicht angekommen oder Silva habe das Thermalbad bereits verlassen. Doch als er die Bahnhofshalle betrat, sah er Silva auf einer Bank sitzen und eine Zigarette rauchen. Er war gerührt und ging auf ihn zu. Er hatte ihn schon einige Zeit nicht mehr gesehen. Silva umarmte ihn und nahm ihm den Koffer ab. Sie verließen den Bahnhof und gingen zum Wagen. Silva besaß einen schwarzen Chevrolet mit funkelnden Chromteilen, bequem und geräumig.

Die Straße zum Thermalbad führte durch eine dicht bewachsene Hügelkette und war sehr kurvenreich. Pereira öffnete das Fenster, weil ihm ein wenig übel wurde, die frische Luft habe ihm gutgetan, er klärt er. Während der Fahrt sprachen sie wenig. Wie geht's, fragte ihn Silva. Soso lala, antwortete Pereira. Lebst du allein? fragte ihn Silva. Ich lebe allein, antwortete Pereira. Meiner Meinung nach tut dir das nicht gut, sagte Silva, du solltest dir eine Frau suchen, die dir Gesellschaft leistet und etwas Freude in dein Leben bringt, ich verstehe zwar, daß du sehr an der Erinnerung an deine Frau hängst, aber du kannst nicht den Rest deines Lebens damit verbringen, in Erinnerungen zu schwelgen. Ich bin alt, antwortete Pereira, ich bin zu fett und herzkrank. Du bist absolut nicht alt, sagte Silva, du bist in meinem Alter, und was den Rest anbelangt, könntest du eine Diät machen, dir einen Urlaub gönnen, an deine Gesundheit denken. Ach was, sagte Pereira.

Pereira erklärt, das Kurhotel sei prächtig gewesen, ein weißes Gebäude, eine Villa mitten in einem großen Park. Er ging in sein Zimmer hinauf und kleidete sich um. Er zog einen hellen Anzug an und band sich eine schwarze Krawatte um. Silva erwartete ihn in der Halle, an einem Aperitif nippend. Pereira fragte ihn, ob er den Herausgeber der *Lisboa* gesehen habe. Silva blinzelte ihm zu. Er ißt immer mit einer blonden Dame mittleren Alters zu Abend, einem Hotelgast, es scheint, als habe er Gesellschaft gefunden. Um so besser, sagte Pereira, dann brauche ich wenigstens nicht Konversation zu machen.

Sie betraten das Restaurant. Es war ein Saal im Stile des neunzehnten Jahrhunderts, an dessen Dekke Blumengirlanden gemalt waren. Der Herausgeber speiste an einem Tisch in der Mitte, in Gesellschaft einer Dame in Abendkleid. Er hob den Kopf und sah ihn, auf seinem Gesicht zeichnete sich ein Ausdruck der Überraschung ab, und er winkte ihn zu sich. Pereira näherte sich ihm, während Silva zu einem anderen Tisch ging. Guten Abend, Doktor Pereira, sagte der Herausgeber, ich habe nicht erwartet, Sie hier zu sehen, haben Sie die Redaktion im Stich gelassen? Die Kulturseite ist heute erschienen, sagte Pereira, ich weiß nicht, ob Sie sie schon gesehen haben, denn vielleicht ist die Zeitung nicht in Coimbra angekommen, wir hatten eine Erzählung von Maupassant und eine Kolumne mit dem

Titel »Jahrestage«, die ich betreue, jedenfalls bleibe ich nur ein paar Tage, Mittwoch bin ich wieder in Lissabon, um die Kulturseite für den nächsten Samstag vorzubereiten. Entschuldigen Sie, meine Dame, sagte der Herausgeber, zu seiner Tischgenossin gewandt, darf ich Ihnen Herrn Doktor Pereira vorstellen, einen meiner Mitarbeiter? Und dann fügte er hinzu: Frau Maria do Vale Santares. Pereira machte eine kleine Verbeugung. Herr Direktor, sagte er, ich wollte Ihnen etwas mitteilen, wenn Sie nichts dagegen haben, würde ich gern einen Praktikanten einstellen, der mir dabei hilft, eben die Nachrufe auf die großen Schriftsteller, die von einem Augenblick auf den anderen sterben können, im voraus zu schreiben. Doktor Pereira, rief der Herausgeber aus, ich speise hier in Gesellschaft einer liebenswerten und empfindsamen Dame, mit der ich mich gerade über Dinge unterhalten habe, die man als *amusantes* bezeichnet, und Sie kommen daher und reden über Leute, die kurz vor dem Tode stehen, das ist aber nicht sehr rücksichtsvoll von Ihnen. Entschuldigen Sie, Herr Direktor, habe er gesagt, erklärt Pereira, ich wollte mich nicht über Geschäftliches unterhalten, aber in einer Kulturredaktion muß man auch darauf vorbereitet sein, daß irgendein bedeutender Künstler stirbt, und wenn einer ganz plötzlich stirbt, ist es ein Problem, von einem Tag zum anderen einen Nachruf zu schreiben, Sie erinnern sich ja, keine portugiesiche Zeitung berichtete rechtzeitig darüber, als vor drei Jahren T. E. Lawrence starb, der Nachruf erschien überall eine Woche danach, und wenn wir eine moderne Zeitung sein wollen, müssen wir rechtzeitig über so etwas berichten. Der Herausgeber kaute langsam den Bissen, den er gerade im Mund hatte, und sagte: Ist gut, ist gut, Doktor Pereira, im übrigen habe ich Ihnen für die Kulturseite völlig freie Hand gelassen, ich möchte nur wissen, ob uns der Praktikant viel kostet und ob er eine vertrauenswürdige Person ist. Was das anbelangt, so scheint er sich mit wenig zufriedenzugeben, er ist ein bescheidener junger Mann, und außerdem hat er an der Universität Lissabon mit einer Dissertation über den Tod promoviert, beim Tod kennt er sich aus. Der Herausgeber machte eine gebieterische Geste mit der Hand, trank einen Schluck Wein und sagte: Hören Sie zu, Doktor Pereira, erzählen Sie uns jetzt bitte nichts mehr vom Tod, sonst ruinieren Sie uns das Abendessen, was die Kulturseite anbelangt, so machen Sie, was Sie für richtig halten, ich vertraue Ihnen, Sie waren dreißig Jahre lang Reporter, und jetzt guten Abend und guten Appetit.

Pereira ging zu seinem Tisch und setzte sich seinem Freund gegenüber. Silva fragte ihn, ob er ein Glas Weißwein wolle, und er schüttelte den Kopf. Er rief den Kellner und bestellte eine Limonade. Wein tut mir nicht gut, erklärte er, das hat mir der Kardiologe gesagt. Silva bestellte eine Forelle mit Mandeln und Pereira ein Steak Stroganoff mit einem Spiegelei darauf. Sie begannen schweigend zu essen, dann plötzlich fragte Pereira Silva, was er von alldem halte. Von was allem, fragte Silva. Von allem, sagte Pereira, was in Europa geschieht. Ach, zerbrich dir nicht den Kopf, erwiderte Silva, wir sind hier nicht in Europa, wir sind in Portugal. Pereira erklärt, er habe nicht lockergelassen: Ja, fügte er hinzu, aber du liest Zeitungen und hörst Radio, du weißt, was in Deutschland und in Italien vor sich geht, es sind Fanatiker, sie wollen die Welt mit Feuer und Schwert verheeren. Zerbrich dir nicht den Kopf, sagte Silva, sie sind weit weg. Stimmt, fuhr Pereira fort, aber Spanien ist nicht weit weg, es ist nur einen Katzensprung entfernt, und du weißt, was in Spanien vor sich geht, ein Gemetzel, dabei gab es eine konstitutionelle Regierung, alles wegen einem bigotten General. Auch Spanien ist weit weg, sagte Silva, wir sind in Portugal. Mag sein, sagte Pereira, aber auch hier steht es nicht zum besten, die Polizei spielt sich auf, als wäre sie an der Macht, bringt Leute um, es gibt Hausdurchsuchungen, Zensur, das ist ein autoritärer Staat, die Leute zählen nicht, die öffentliche Meinung zählt nicht. Silva sah ihn an und legte die Gabel nieder. Hör mir gut zu, Pereira, sagte Silva, du glaubst noch immer an die öffentliche Meinung, also gut, die öffentliche Meinung ist ein Trick, den sich die Angelsachsen einfallen haben lassen, die Engländer und die Amerikaner verarschen uns, entschuldige den Ausdruck, mit dieser Vorstellung von der öffentlichen Meinung, wir hatten nie ihr politisches System, wir haben nicht ihre Traditionen, wir wissen nicht, was *trade unions* sind, wir sind Südländer, Pereira, wir gehorchen dem, der am lautesten schreit, der befiehlt. Wir sind keine Südländer, erwiderte Pereira, wir haben keltisches Blut. Aber wir leben im Süden, sagte Silva, das Klima ist unseren politischen Ideen nicht zuträglich, *laissez faire, laissez passer*, so sind wir beschaffen, und außerdem, hör zu, laß dir etwas sagen, ich unterrichte Literatur, und bei Literatur kenne ich mich aus, ich arbeite gerade an einer kritischen Ausgabe unserer Troubadours, der Minnelyrik, ich weiß nicht, ob du dich noch von der Universität her erinnern kannst, also, die jungen Männer zogen in den Krieg, und die Frauen blieben zu Hause und weinten, und die Troubadours sammelten ihre Klagen, der König befahl, verstehst du, der Führer befahl, und wir haben immer einen Führer gebraucht, sogar heute noch brauchen wir einen Führer. Aber ich bin Journalist, erwiderte Pereira. Na und? sagte Silva. Ich muß frei sein, sagte Pereira, und die Leute korrekt informieren. Ich sehe da keinen Zusammenhang, sagte Silva, du schreibst keine politischen Artikel, du betreust die Kulturseite. Pereira legte ebenfalls die Gabel nieder und stützte sich mit den Ellbogen auf den Tisch. Jetzt hör mir du einmal gut zu, erwiderte er, stell dir vor, morgen stirbt Marinetti, ist dir Marinetti ein Begriff? So ungefähr, sagte Silva. Na gut, sagte Pereira, Marinetti ist ein Schuft, er hat zunächst den Krieg besungen, dann hat er das Gemetzel gutgeheißen, er ist ein Terrorist, er hat den Marsch auf Rom begrüßt, Marinetti ist ein Schuft, und das muß ich sagen. Fahr nach England, sagte Silva, dort kannst du sagen, was du willst, du wirst eine Menge Leser haben. Pereira aß den letzten Bissen seines Steaks. Ich gehe ins Bett, sagte er, England ist zu weit weg. Nimmst du kein Dessert? fragte Silva, ich hätte gern ein Stück Torte. Süßigkeiten schaden mir, sagte Pereira, das hat mir der Kardiologe gesagt, und außerdem bin ich müde von der Reise, danke, daß du mich vom Bahnhof abgeholt hast, gute Nacht und bis morgen.

Pereira erhob sich und ging, ohne noch etwas zu sagen. Er habe sich sehr müde gefühlt, erklärt er.

10

Am nächsten Tag wachte Pereira um sechs auf. Er erklärt, daß er nur einen Kaffee trank, um den er inständig bitten mußte, weil der Zimmerservice erst um sieben begann, und dann machte er einen Spaziergang im Park. Auch das Thermalbad wurde um sieben geöffnet, und Punkt sieben stand Pereira vor dem Tor. Silva war nicht da, der Herausgeber war nicht da, es war so gut wie niemand da, und Pereira erklärt, er habe sich erleichtert gefühlt. Zunächst einmal trank er zwei Gläser Wasser, das nach fauligen Eiern schmeckte, und er verspürte eine vage Übelkeit und ein Gurgeln im Darm. Am liebsten hätte er eine schöne kühle Limonade getrunken, denn trotz der frühen Stunde war es schon ziemlich heiß, aber er dachte, daß er Thermalwasser und Limonade nicht mischen sollte. Dann ging er zu den Badeetablissements, wo man ihn aufforderte, sich auszuziehen und einen weißen Bademantel anzuziehen. Möchten Sie Schlammbäder oder Inhalationen nehmen? fragte ihn die Angestellte. Beides, antwortete Pereira. Er wurde in ein Zimmer gebeten, in dem eine Badewanne voll brauner Flüssigkeit stand. Pereira zog den Bademantel aus und setzte sich hinein. Der Schlamm war lauwarm und verursachte ein Gefühl des Wohlbefindens. Irgendwann kam ein Angestellter herein und fragte ihn, wo er ihn massieren solle. Pereira antwortete, daß er nicht massiert werden wollte, daß er nur baden wollte und wünschte, in Frieden gelassen zu werden. Er stieg aus der

Wanne, nahm eine kalte Dusche, schlüpfte wieder in seinen Bademantel und ging in den Saal nebenan, wo sich die Dampfdüsen zum Inhalieren befanden. Vor jeder Düse saß jemand, die Ellbogen auf den Marmor gestützt, und atmete den heißen Luftstrahl ein. Pereira fand einen freien Platz und setzte sich. Ein paar Minuten lang atmete er tief ein und überließ sich seinen Gedanken. Monteiro Rossi fiel ihm ein und aus irgendeinem Grund auch das Bild seiner Frau. Seit zwei Tagen hatte er nicht mit dem Bild seiner Frau gesprochen, und er habe bereut, es nicht mitgenommen zu haben, erklärt Pereira. Dann stand er auf, ging in die Garderobe, zog sich wieder an, band sich die schwarze Krawatte um, verließ die Badeanstalt und ging ins Hotel zurück. Im Speisesaal sah er seinen Freund Silva, der ein üppiges Frühstück mit Brioches und Milchkaffee zu sich nahm. Der Herausgeber war zum Glück nicht da. Pereira ging zu Silva, begrüßte ihn, sagte ihm, daß er ein Bad genommen habe, und sagte zu ihm: Gegen Mittag fährt ein Zug nach Lissabon, ich wäre dir dankbar, wenn du mich zum Bahnhof bringen könntest, wenn du nicht kannst, nehme ich das Hoteltaxi. Was, du fährst schon? fragte Silva. Und ich hatte gehofft, ein paar Tage in deiner Gesellschaft zu verbringen. Entschuldige, log Pereira, aber ich muß heute abend in Lissabon sein, morgen muß ich einen wichtigen Artikel schreiben, und außerdem, weißt du, es paßt mir nicht, daß ich die Redaktion der Portiersfrau überlassen habe, es ist besser, wenn ich fahre. Wie du willst, antwortete Silva, ich bringe dich hin.

Während der Fahrt wechselten sie kein einziges Wort. Pereira erklärt, Silva sei anscheinend wütend auf ihn gewesen, aber er tat nichts, um die Situation zu entschärfen. Macht nichts, dachte er, macht nichts. Um ungefähr Viertel nach elf erreichten sie den Bahnhof, und der Zug stand bereits am Gleis. Pereira stieg ein und winkte dem Freund aus dem Fenster. Silva verabschiedete sich von ihm mit einer weitausholenden Armbewegung und ging davon, Pereira nahm in einem Abteil Platz, in dem eine Dame saß, die ein Buch las.

Es war eine schöne, elegante, blonde Dame mit einem Holzbein. Pereira nahm auf der Gangseite Platz, um sie, die am Fenster saß, nicht zu stören, und er stellte fest, daß sie ein Buch von Thomas Mann auf deutsch las. Das machte ihn neugierig, aber zunächst einmal sagte er nichts, er sagte nur: Guten Tag, gnädige Frau. Der Zug fuhr um halb zwölf ab, und wenige Minuten später kam ein Kellner vorbei, um die Reservierungen für den Speisewagen aufzunehmen. Pereira erklärt, er habe einen Platz reserviert, denn sein Magen rumorte, und er mußte etwas essen. Die Fahrt war zwar nicht lang, aber er würde spät in Lissabon ankommen und hatte keine Lust, bei dieser Hitze nach einem Restaurant zu suchen.

Auch die Dame mit dem Holzbein reservierte einen Platz im Speisewagen. Pereira bemerkte, daß sie gut Portugiesisch sprach, mit einem leichten fremdländischen Akzent. Das habe seine Neugier erhöht, erklärt er, und ihm den Mut gegeben, sie einzuladen. Gnädige Frau, sagte er, entschuldigen Sie, ich möchte nicht aufdringlich erscheinen, aber da wir Reisegefährten sind und beide einen Platz im Speisewagen reserviert haben, möchte ich Ihnen vorschlagen, am selben Tisch zu essen, wir könnten uns ein wenig unterhalten, und vielleicht würden wir uns weniger einsam fühlen, es stimmt melancholisch, allein zu essen, vor allem im Zug, gestatten Sie, daß ich mich vorstelle, ich bin Doktor Pereira, Redakteur der Kulturseite der *Lisboa*, einer Abendzeitung der Hauptstadt. Die Dame mit dem Holzbein lächelte und streckte ihm die Hand entgegen. Freut mich, sagte sie, ich heiße Ingeborg Delgado, ich bin Deutsche, allerdings portugiesischer Herkunft, ich bin nach Portugal zurückgekehrt, um meine Wurzeln wiederzufinden.

Der Kellner ging vorbei und schwenkte die Glocke, um zum Mittagessen zu rufen. Pereira stand auf und ließ Frau Delgado den Vortritt. Er habe nicht den Mut gefunden, ihr den Arm anzubieten, erklärt er, denn er dachte, diese Geste könne eine Dame, die ein Holzbein hatte, kränken. Aber Frau Delgado bewegte sich trotz ihrer Prothese sehr geschickt und ging ihm auf dem Gang voran. Der Speisewagen war in der Nähe ihres Abteils, so daß sie nicht allzuweit gehen mußten. Sie nahmen an einem Tischchen auf der linken Seite des Waggons Platz. Pereira steckte sich die Serviette in den Hemdkragen und hatte das Gefühl, er müsse sich für sein Benehmen entschuldigen. Entschuldigen Sie, sagte er, aber ich bekleckere beim Essen immer mein Hemd, meine Zugehfrau sagt, ich sei schlimmer als ein Kind, ich hoffe, ich komme Ihnen nicht wie ein Bauerntölpel vor. Am Fenster zog die liebliche Landschaft Mittelportugals vorbei: grüne, von Pinien bedeckte Hügel und weiße Dörfer. Hin und wieder sah man einen Weinberg oder einen Bauern, der wie ein schwarzes Pünktchen die Landschaft schmückte. Gefällt Ihnen Portugal? fragte Pereira. Es gefällt mir, antwortete Frau Delgado, aber ich glaube nicht, daß ich lange bleiben werde, ich habe meine Verwandten in Coimbra besucht, ich habe meine Wurzeln wiedergefunden, aber dieses Land ist nichts für mich, und was das Volk anbelangt, dem ich angehöre, so warte ich auf das Visum der amerikanischen Botschaft, bald, so hoffe ich zumindest, werde ich in die Vereinigten Staaten reisen. Pereira glaubte zu verstehen und fragte: Sind Sie Jüdin? Ich bin Jüdin, bestätigte Frau Delgado, und Europa, vor allem Deutschland, ist zur Zeit nicht der geeignete Ort für Leute meines Volks, aber auch hier bringt man uns nicht sehr viel Sympathie entgegen, das merke ich an den Zeitungen, vielleicht ist die Zeitung, für die Sie arbeiten, eine Ausnahme, auch wenn sie so katholisch ist, viel zu katholisch für jemanden, der nicht katholisch ist. Dieses Land ist katholisch, habe er gesagt, erklärt Pereira, auch ich bin Katholik, ich gebe es zu, wenn auch auf meine Weise, leider hatten wir die Inquisition, und das gereicht uns nicht zur Ehre, aber ich zum Beispiel glaube nicht an die Auferstehung des Fleisches, sofern das etwas bedeutet. Ich weiß nicht, was es bedeutet, sagte Frau Delgado, aber ich glaube, daß es nichts mit mir zu tun hat. Ich habe bemerkt, daß Sie ein Buch von Thomas Mann gelesen haben, sagte Pereira, das ist ein

Schriftsteller, den ich sehr mag. Auch er ist nicht glücklich über das, was in Deutschland vor sich geht, sagte Frau Delgado, ich würde nicht sagen, daß er glücklich ist. Auch ich bin vielleicht nicht glücklich über das, was in Portugal vor sich geht, gab Pereira zu. Frau Delgado trank einen Schluck Mineralwasser und sagte: Dann tun Sie etwas. Und was? antwortete Pereira. Nun, sagte Frau Delgado, Sie sind ein Intellektueller, sagen Sie, was in Europa vor sich geht, machen Sie von Ihrer Meinungsfreiheit Gebrauch, mit einem Wort, tun Sie etwas. Pereira erklärt, daß er gern einiges hätte sagen wollen. Er hätte gerne gesagt, daß über ihm der Herausgeber war, der ein Anhänger des Regimes war, und daß dann das Regime mit seiner Polizei und seiner Zensur da war und daß man in Portugal allen den Mund gestopft hatte, mit einem Wort, daß man nicht einfach von seiner Meinungsfreiheit Gebrauch machen konnte und daß er den ganzen Tag in einem elenden kleinen Zimmerchen in der Rua Rodrigo da Fonseca verbrachte, in Gesellschaft eines kurzatmigen Ventilators und überwacht von einer Portiersfrau, die wahrscheinlich ein Polizeispitzel war. Aber von alldem sagte Pereira nichts, er sagte nur: Ich werde mein Bestes tun, Frau Delgado, aber für einen Menschen wie mich in einem Land wie diesem ist es nicht einfach, sein Bestes zu tun, wissen Sie, ich bin nicht Thomas Mann, ich bin nur ein unbekannter Kulturredakteur einer bescheidenen Abendzeitung, hin und wieder schreibe ich einen Nachruf auf einen berühmten Schriftsteller und übersetze französische Erzählungen des neunzehnten Jahrhunderts, mehr läßt sich nicht machen. Ich verstehe, erwiderte Frau Delgado, aber vielleicht läßt sich alles machen, man braucht nur den Willen dazu. Pereira blickte aus dem Fenster und seufzte. Sie waren in der Nähe von Vila Franca, man sah bereits den langen, gewundenen Lauf des Tejo. Es war schön, dieses kleine, vom Meer umspülte und vom Klima begünstigte Portugal, aber es war alles so schwierig, dachte Pereira. Frau Delgado, sagte er, ich glaube, wir kommen bald in Lissabon an, wir sind in Vila Franca, das ist eine Stadt ehrlicher Arbeiter, Proletarier, auch wir in diesem kleinen Land haben unsere Opposition, es ist eine schweigende Opposition, vielleicht weil wir keinen Thomas Mann haben, aber mehr können wir nicht tun, und jetzt sollten wir lieber in unser Abteil zurückgehen und das Gepäck holen, es war mir ein Vergnügen, Sie kennengelernt und die Zeit mit Ihnen verbracht zu haben, gestatten Sie mir, Ihnen meinen Arm anzubieten, aber verstehen Sie es nicht als eine Geste der Hilfe, es ist nur eine Geste der Ritterlichkeit, denn wie Sie wissen, sind wir in Portugal sehr ritterlich.

Pereira stand auf und bot Frau Delgado seinen Arm an. Sie nahm ihn mit einem leichten Lächeln an und erhob sich etwas mühevoll von dem engen Tischchen. Pereira bezahlte die Rechnung und ließ ein paar Münzen Trinkgeld zurück. Er verließ den Speisewagen mit Frau Delgado am Arm, und er fühlte sich gleichzeitig stolz und verwirrt, aber er wußte nicht, warum, erklärt Pereira.

11

Pereira erklärt, er habe, als er am Dienstag darauf in der Redaktion ankam, die Portiersfrau angetroffen, die ihm einen Expreßbrief überreichte. Celeste überreichte ihn ihm mit spöttischem Gesichtsausdruck und sagte zu ihm: Ich habe dem Briefträger Ihre Anweisungen mitgeteilt, aber er kann später nicht noch einmal kommen, weil er das ganze Viertel erledigen muß, also hat er den Expreßbrief mir gegeben. Pereira nahm ihn, nickte dankend und sah nach, ob ein Absender draufstand. Zum Glück stand kein Absender drauf, somit war Celeste der Wind aus den Segeln genommen. Aber er erkannte sofort die blaue Tinte von Monteiro Rossi und seine fahrige Schrift. Er betrat die Redaktion und machte den Ventilator an. Dann öffnete er den Brief. Darin stand: »Sehr geehrter Doktor Pereira, leider mache ich im Augenblick eine sehr unangenehme Phase durch. Ich habe das Bedürfnis, mit Ihnen zu sprechen, es ist dringend, aber ich komme lieber nicht in die Redaktion. Ich erwarte Sie Dienstag abend um halb neun im Café Orquídea, ich würde gerne mit Ihnen zu Abend essen und Ihnen von meinen Problemen erzählen. Hoffnungsvoll, Ihr Monteiro Rossi.«

Pereira erklärt, er habe einen kleinen Artikel für die Kolumne »Jahrestage« schreiben wollen, in Gedenken an Rilke, der sechsundzwanzig gestorben war, also zwölf Jahre zuvor. Und außerdem hatte er begonnen, eine Erzählung von Balzac zu übersetzen. Er hatte *Honorine* ausgesucht, eine Erzählung über die Reue, die er in drei oder vier Folgen veröffentlichen wollte. Pereira weiß nicht, warum, aber er hielt diese Erzählung über die Reue für eine Flaschenpost, die jemand empfangen würde. Denn zu bereuen gab es einiges, und eine Erzählung über die Reue tat not, und dies war die einzige Art und Weise, um jemandem, der bereit war, zu verstehen, eine Botschaft zu übermitteln. So nahm er seinen Larousse, machte den Ventilator aus und ging nach Hause.

Als er im Taxi vor der Kathedrale ankam, war es fürchterlich heiß. Pereira nahm die Krawatte ab und steckte sie in die Tasche. Er ging mühsam die steile Straße zu seinem Haus hinauf, öffnete die Haustür und setzte sich auf eine Stufe. Er keuchte. Er suchte in der Tasche nach einer Herztablette, die ihm der Kardiologe verschrieben hatte, und schluckte sie ohne Wasser. Er wischte sich den Schweiß ab, ruhte sich aus, atmete die kühle Luft im dunklen Hauseingang ein, und dann betrat er seine Wohnung. Die Portiersfrau hatte ihm nichts zu essen vorbereitet, sie war nach Setúbal abgereist, zu ihren Verwandten, und würde wie jedes Jahr erst im September zurückkommen. Eigentlich bedrückte ihn das. Er war nicht gern allein, ganz allein, ohne jemanden, der sich um ihn kümmerte. Er ging zum Bild seiner Frau und sagte zu ihm: In zehn Minuten bin ich wieder da. Er ging ins Schlafzimmer, zog sich aus und bereitete sich vor, ein Bad zu nehmen. Der Kardiologe hatte ihm geraten, nicht allzu kalt zu baden, aber er brauchte ein kaltes Bad, er ließ die Wanne mit kaltem Wasser vollaufen und setzte sich hinein. Während er im Wasser saß, streichelte er sich lange den Bauch. Pereira, sagte er zu sich, früher sah dein Leben anders aus. Er trocknete sich ab und schlüpfte in den Pyjama. Er ging ins Vorzimmer, blieb vor dem Bild seiner Frau stehen und sagte zu ihm: Heute abend sehe ich Monteiro Rossi, ich weiß nicht, warum ich ihn nicht entlasse oder zum Teufel jage, er hat Probleme und will sie mir aufhalsen, soviel habe ich begriffen, was sagst du dazu, was soll ich tun? Seine Frau auf dem Bild lächelte ihm aus der Ferne zu. Gut, sagte Pereira, ich halte jetzt eine Siesta, und danach höre ich mir an, was der junge Mann will. Und er legte sich nieder.

An diesem Nachmittag, erklärt Pereira, hatte er einen Traum. Einen wunderschönen Traum von seiner Jugend. Aber er möchte ihn lieber nicht erzählen, denn Träume soll man nicht erzählen, erklärt er. Er verrät nur, daß er glücklich war und daß er sich im Winter an einem Strand nördlich von Coimbra befand, an der Granja vielleicht, und er hatte jemanden bei sich, möchte jedoch nicht sagen, wen. Jedenfalls wachte er gutgelaunt auf, zog ein kurzärmeliges Hemd an, ohne sich jedoch eine Krawatte umzubinden, statt dessen nahm er ein leichtes Baumwolljakkett, zog es aber nicht an, sondern hängte es sich über den Arm. Der Abend war warm, aber zum Glück wehte ein leichter Wind. Zuerst wollte er zu Fuß ins Café Orquídea gehen, aber dann erschien ihm das als Wahnsinn. Er ging jedoch bis zum Terreiro do Paço hinunter, und der Spaziergang tat ihm gut. Dort stieg er in eine Straßenbahn und fuhr bis zur Rua Alexandre Herculano. Das Café Orquídea war so gut wie menschenleer, Monteiro Rossi war nicht da, aber in Wirklichkeit war er, Pereira, zu früh dran. Pereira nahm drinnen an einem Tischchen Platz, in der Nähe des Ventilators, und bestellte eine Limonade. Als der Kellner kam, fragte er ihn: Was gibt es Neues, Manuel? Wenn Sie das nicht wissen, Doktor Pereira, Sie sind doch Journalist! antwortete der Kellner. Ich war im Thermalbad, antwortete Pereira, und habe keine Zeitungen gelesen, abgesehen davon, daß man aus Zeitungen nie etwas erfährt, am besten, man hört sich um, deshalb frage ich Sie, Manuel. Merkwürdige Dinge, Doktor Pereira, antwortete der Kellner, merkwürdige Dinge. Und ging weg.

In diesem Augenblick kam Monteiro Rossi herein. Er näherte sich mit seinem verlegenen Gesichtsausdruck, wobei er sich argwöhnisch umblickte. Pereira stellte fest, daß er ein schönes blaues Hemd mit weißem Kragen trug. Das hat er sich von meinem Geld gekauft, dachte Pereira einen Augenblick lang, aber er hatte keine Zeit, darüber nachzudenken, denn Monteiro Rossi sah ihn und trat auf ihn zu. Sie schüttelten sich die Hand. Nehmen Sie Platz, sagte Pereira. Monteiro Rossi nahm am Tisch Platz und sagte nichts. Nun, sagte Pereira, was wollen Sie essen? Hier gibt es nur Kräuteromeletten und Fischsalat. Ich hätte gern zwei Kräuteromeletten, sagte Monteiro Rossi, entschuldigen Sie, wenn ich Ihnen unverschämt vorkomme, aber ich habe heute das Mittagessen ausgelassen. Pereira bestellte drei Kräuteromeletten, und dann sagte er: Und jetzt erzählen Sie mir von Ihren Problemen, wie Sie sie in Ihrem

Brief genannt haben. Monteiro Rossi strich sich die Haarlocke aus der Stirn, und diese Geste berührte ihn seltsam, erklärt Pereira. Nun, sagte Monteiro Rossi, wobei er die Stimme senkte, ich sitze in der Klemme, Doktor Pereira, das ist die Wahrheit. Der Kellner brachte die Omeletten, und Monteiro Rossi wechselte das Thema. Er sagte: Was für eine Hitze! Während der Kellner sie bediente, sprachen sie vom Wetter, und Pereira erzählte, daß er im Thermalbad von Buçaco gewesen sei und daß dort wirklich ein angenehmes Klima herrsche, in den Hügeln, mit dem vielen Grün des Parks. Dann ließ der Kellner sie in Ruhe, und Pereira fragte. Also? Also, ich weiß nicht, wo ich anfangen soll, sagte Monteiro Rossi, ich sitze in der Klemme, so sieht's aus. Pereira schnitt ein Stück von seiner Omelette ab und fragte: Hat es mit Marta zu tun?

Warum stellte Pereira diese Frage? Weil er wirklich glaubte, daß Marta diesem jungen Mann Probleme verursachen könne, weil sie ihm zu unbefangen und zu aufdringlich erschienen war, weil er sich wünschte, daß alles anders wäre, daß sie in Frankreich oder England wären, wo ein unbefangenes und aufdringliches Mädchen alles sagen konnte, was es wollte? Pereira ist nicht in der Lage, dies zu sagen, jedenfalls fragte er: Hat es mit Marta zu tun? Zum Teil schon, antwortete Monteiro Rossi leise, aber ich kann es ihr nicht zum Vorwurf machen, sie hat so ihre Ideen, und die läßt sie sich nicht ausreden. Na und? fragte Pereira. Und jetzt ist mein Cousin gekommen, antwortete Monteiro Rossi. Das scheint mir kein sehr schwerwiegendes Problem zu sein, antwortete Pereira, wir alle haben Cousins. Ja, sagte Monteiro Rossi beinahe flüsternd, aber mein Cousin kommt aus Spanien, er ist in einer Brigade, er kämpft auf der Seite der Republikaner, er ist in Portugal, um portugiesische Freiwillige zu rekrutieren, die sich einer internationalen Brigade anschließen möchten, bei mir zu Hause kann ich ihn nicht behalten, er hat einen argentinischen Paß, und man sieht aus einer Meile Entfernung, daß er gefälscht ist, ich weiß nicht, wo ich ihn unterbringen soll, ich weiß nicht, wo ich ihn verstecken soll. Pereira spürte, wie ihm ein Schweißtropfen den Rücken hinunterlief, bewahrte jedoch Ruhe. Na und? fragte er, während er weiterhin seine Omelette aß. Und deshalb sollten Sie, sagte Monteiro Rossi, sollten Sie, Doktor Pereira, sich um ihn kümmern, ihm eine anständige Unterkunft besorgen, egal, ob illegal oder nicht, Hauptsache, Sie finden eine, ich kann ihn nicht bei mir zu Hause behalten, denn die Polizei könnte wegen Marta Verdacht geschöpft haben, möglicherweise werde ich sogar überwacht. Na und? fragte Pereira noch einmal. Und Sie verdächtigt niemand, sagte Monteiro Rossi, er bleibt ein paar Tage hier, bis er Kontakt mit dem Widerstand aufgenommen hat, dann kehrt er nach Spanien zurück, Sie müssen mir helfen, Doktor Pereira, Sie müssen ihm eine Unterkunft besorgen.

Pereira aß seine Omelette auf, winkte den Kellner herbei und ließ sich noch eine Limonade bringen. Ich staune über Ihre Unverfrorenheit, sagte er, ich weiß nicht, ob Sie sich bewußt sind, worum Sie mich bitten, und was sollte ich schon finden? Ein

Zimmer zur Untermiete, sagte Monteiro Rossi, eine Pension, einen Ort, wo die Papiere nicht allzu genau angeschaut werden, Sie werden doch so einen Ort kennen, bei all Ihren Bekannten.

Bei all Ihren Bekannten, dachte Pereira. Wo er doch von allen, die er kannte, niemanden kannte, er kannte Pater António, dem er mit so einem Problem nicht kommen konnte, er kannte seinen Freund Silva, der in Coimbra wohnte und mit dem er nicht rechnen konnte, und dann die Portiersfrau in der Rua Rodrigo da Fonseca, die vielleicht eine Informantin der Polizei war. Aber plötzlich fiel ihm eine kleine Pension in Graça ein, oberhalb des Kastells, wo die Liebespaare heimlich hingingen und wo man niemanden nach seinen Papieren fragte. Pereira kannte sie, weil ihn einmal sein Freund Silva gebeten hatte, ihm ein Zimmer in einer verschwiegenen Pension zu reservieren, um eine Nacht mit einer Dame aus Lissabon zu verbringen, die sich keinen Skandal leisten konnte. Und so sagte er: Ich werde mich morgen in der Früh darum kümmern, aber schicken Sie mir Ihren Cousin nicht in die Redaktion und nehmen Sie ihn auch nicht mit, wegen der Portiersfrau, bringen Sie ihn morgen um elf zu mir nach Hause, die Adresse gebe ich Ihnen gleich, aber rufen Sie mich nicht an und versuchen Sie, auch dazusein, vielleicht ist es besser. Warum sagte Pereira das? Weil ihm Monteiro Rossi leid tat? Weil er im Thermalbad gewesen war und ihn das Gespräch mit seinem Freund Silva so enttäuscht hatte? Weil er im Zug Frau Delgado getroffen hatte, die ihm gesagt hatte, man müsse in jedem Fall etwas tun? Er wisse es nicht, erklärt Pereira. Er weiß nur, daß er begriffen hatte, daß er in der Klemme saß und mit jemandem sprechen mußte. Aber dieser Jemand war nicht greifbar, und so dachte er, daß er mit dem Bild seiner Frau sprechen würde, wenn er nach Hause käme. Und das habe er auch getan, erklärt er.

12

Um Punkt elf, erklärt Pereira, habe es geläutet. Pereira hatte bereits gefrühstückt, er war früh aufgestanden, und auf dem Tisch des Eßzimmers hatte er einen Krug Limonade mit Eiswürfeln vorbereitet. Zunächst einmal kam Monteiro Rossi mit verstohlener Miene herein und flüsterte: Guten Tag. Pereira schloß ein wenig verblüfft die Tür und fragte, ob sein Cousin nicht da sei. Doch, antwortete Monteiro Rossi, aber er will nicht einfach so hereinkommen, er hat mich vorgeschickt, damit ich mich umsehe. Was heißt hier umsehen? fragte Pereira verärgert. Spielt ihr Räuber und Gendarm, oder glaubt ihr, die Polizei würde euch erwarten? Ach, das ist es nicht, entschuldigte sich Monteiro Rossi, aber mein Cousin ist so argwöhnisch, wissen Sie, er befindet sich in keiner einfachen Situation, er muß hier eine heikle Aufgabe erledigen, er hat einen argentinischen Paß und weiß nicht, wohin. Das haben Sie mir bereits gestern abend gesagt, erwiderte Pereira, und jetzt rufen Sie ihn bitte, ich habe genug von diesen Dummheiten. Monteiro Rossi öffnete die Tür und machte eine Geste, die »vorwärts« bedeutete. Komm, Bruno, sagte er auf italienisch, es ist alles in Ordnung.

Ein kleines dünnes Männchen kam herein. Er hatte einen Bürstenschnitt, trug einen blonden Schnurrbart und ein blaues Jackett. Doktor Pereira, sagte Monteiro Rossi, darf ich Ihnen meinen Cousin Bruno Rossi vorstellen, aber laut Paß heißt er Bruno Lugones, es wäre besser, wenn Sie ihn immer mit

Lugones ansprächen. In welcher Sprache sollen wir uns unterhalten, fragte Pereira, spricht Ihr Cousin Portugiesisch? Nein, sagte Monteiro Rossi, aber er versteht Spanisch.

Pereira bat sie, im Eßzimmer Platz zu nehmen, und servierte die Limonade. Herr Bruno Rossi sagte nichts, er beschränkte sich darauf, sich argwöhnisch umzublicken. Aus der Ferne hörte man die Sirene eines Krankenwagens, und Herr Rossi zuckte zusammen und ging zum Fenster. Sagen Sie ihm, er kann ganz ruhig sein, sagte Pereira zu Monteiro Rossi, wir sind hier nicht in Spanien, wir haben keinen Bürgerkrieg. Herr Bruno Rossi setzte sich wieder hin und sagte: *Perdone* die Belästigung, aber *estoy aquí* wegen der republikanischen Sache. Hören Sie, Herr Lugones, sagte Pereira auf portugiesisch, ich werde langsam sprechen, damit Sie mich verstehen, mich interessiert weder die republikanische noch die monarchistische Sache, ich leite den Kulturteil einer Abendzeitung, und diese Dinge gehören nicht zu meinem Themenkreis, ich besorge Ihnen eine ruhige Unterkunft, mehr kann ich nicht tun, und unterstehen Sie sich, mich aufzusuchen, denn ich will weder mit Ihnen noch mit Ihrer Sache etwas zu tun haben. Herr Bruno Rossi wandte sich an seinen Cousin und sagte auf italienisch: So hast du ihn mir aber nicht beschrieben, ich habe einen Genossen erwartet. Pereira verstand und erwiderte: Ich bin niemandes Genosse, ich lebe allein, und es gefällt mir, allein zu sein, mein einziger Genosse bin ich selbst, ich weiß nicht, ob ich mich klar genug ausdrücke, Herr Lugones, denn so heißen Sie ja laut Paß. Ja, ja, sagte Monteiro Rossi beinahe stotternd, aber, nun ja, wir sind nun mal auf Ihre Hilfe und auf Ihr Verständnis angewiesen, denn wir brauchen Geld. Drükken Sie sich genauer aus, sagte Pereira. Nun, sagte Monteiro Rossi, er hat kein Geld, und wenn man im Hotel eine Vorauszahlung von uns verlangt, können wir sie im Augenblick nicht leisten, aber danach werde ich mich darum kümmern, beziehungsweise Marta wird sich darum kümmern, es wäre nur ein Darlehen.

In diesem Augenblick, erklärt Pereira, sei er aufgestanden. Er bat um Entschuldigung und sagte: Habt Geduld, aber ich muß kurz nachdenken, gebt mir ein paar Minuten. Er ließ sie allein im Eßzimmer und ging ins Vorzimmer. Er blieb vor dem Bild seiner Frau stehen und sagte zu ihm: Hör zu, es ist gar nicht so sehr dieser Lugones, der mir Sorgen macht, sondern Marta, meiner Meinung nach ist sie für diese Geschichte verantwortlich, Marta ist das Mädchen von Monteiro Rossi, die mit dem kupferfarbenen Haar, ich glaube, ich habe dir von ihr erzählt, nun, sie ist es, die Monteiro Rossi in Schwierigkeiten bringt, dessen bin ich mir sicher, und er läßt sich in Schwierigkeiten bringen, weil er in sie verliebt ist, ich muß ihn warnen, meinst du nicht? Seine Frau auf dem Bild lächelte ihm aus der Ferne zu, und Pereira glaubte zu verstehen. Er ging ins Eßzimmer zurück und fragte Monteiro Rossi: Warum Marta, was hat Marta damit zu tun? Nun ja, stammelte Monteiro Rossi, wobei er leicht errötete, weil Marta eine Menge Mittel hat, nur deswegen. Jetzt hören Sie mir einmal gut zu, lieber Monteiro Rossi, sagte Pereira, ich glaube, Sie bringen sich wegen eines schönen Mädchens in Schwierigkeiten, aber hören Sie zu, ich bin weder Ihr Vater, noch möchte ich Ihnen gegenüber einen väterlichen Ton anschlagen, den Sie möglicherweise als herablassend auslegen würden, ich möchte Ihnen nur eins sagen: Passen Sie auf. Ja, sagte Monteiro Rossi, ich passe auf, aber was ist mit dem Darlehen? Dafür finden wir eine Lösung, aber warum soll ausgerechnet ich es Ihnen geben? Hören Sie zu, Doktor Pereira, sagte Monteiro Rossi und holte ein Blatt Papier aus der Tasche, das er ihm hinhielt, ich habe einen Artikel geschrieben, und nächste Woche werde ich noch zwei schreiben, ich habe mir erlaubt, etwas anläßlich eines Jahrestages zu schreiben, ich habe D'Annunzio gemacht, ich habe die Stimme des Herzens, aber auch die der Vernunft sprechen lassen, wie Sie mir geraten haben, und ich verspreche Ihnen, als nächstes kommen zwei katholische Schriftsteller dran, wie Sie es gern möchten.

Pereira erklärt, er habe aufs neue leichten Ärger verspürt. Hören Sie, antwortete er, nicht daß ich unbedingt auf katholischen Schriftstellern bestünde, aber Sie haben eine Dissertation über den Tod geschrieben, da könnten Sie doch ein wenig mehr an die Schriftsteller denken, die sich für dieses Problem interessiert haben, die sich, mit einem Wort, für die Seele interessiert haben, statt dessen bringen Sie mir einen Nachruf auf einen Vitalisten wie D'Annunzio, der ja vielleicht ein guter Dichter gewesen sein mag, sein Leben jedoch mit Oberflächlichkeiten vertan hat, ich weiß nicht, ob ich mich klar genug ausdrücke, meiner Zeitung gefallen oberflächliche Leute nicht, oder zumindest mir nicht. Ausgezeichnet, sagte Monteiro Rossi. Ich verstehe. Gut, fügte Pereira hinzu, jetzt gehen wir in die Pension, ich habe in Graça eine kleine Pension gefunden, wo sie nicht besonders heikel sind, ich werde die Anzahlung leisten, wenn sie eine verlangen, aber dafür bekomme ich zwei Nachrufe, lieber Monteiro Rossi, das ist die Hälfte Ihres Monatslohns. Hören Sie, Doktor Pereira, sagte Monteiro Rossi, den Nachruf auf D'Annunzio habe ich geschrieben, weil ich letzten Samstag die *Lisboa* gekauft und gesehen habe, daß es eine Kolumne gibt, die sich »Jahrestage« nennt, die Kolumne ist nicht namentlich gezeichnet, doch ich glaube, daß Sie sie schreiben, aber wenn Sie jemanden brauchen, der Ihnen hilft, würde ich es gerne tun, es gibt einen Haufen Schriftsteller, über die ich schreiben könnte, und da es eine anonyme Kolumne ist, besteht auch nicht die Gefahr, daß ich Sie in Schwierigkeiten bringe. Warum, haben Sie denn Schwierigkeiten? habe er gesagt, erklärt Pereira. Na ja, ein paar schon, wie Sie sehen, antwortete Monteiro Rossi, aber wenn Sie gern einen anderen Namen hätten, könnte ich ein Pseudonym annehmen, was halten Sie von Roxy? Das scheint mir ein passender Name zu sein, sagte Pereira. Er nahm die Limonade vom Tisch und stellte sie in den Kühlschrank, dann zog er sein Jackett an und sagte: Gut, gehen wir.

Sie verließen die Wohnung. Auf dem kleinen Platz vor dem Haus schlief ein Soldat ausgestreckt auf einer Bank. Pereira gab zu, daß er es nicht schaffte, zu Fuß hinaufzugehen, also warteten sie auf ein

Taxi. Die Sonne brannte unbarmherzig, erklärt Pereira, und kein Lüftchen regte sich. Ein Taxi fuhr langsam vorbei. Pereira hielt es mit einer Armbewegung an. Während der Fahrt sprachen sie nicht. Sie stiegen vor einem Granitkreuz aus, das eine winzige Kapelle überragte. Pereira betrat die Pension, gab jedoch Monteiro Rossi den Rat, draußen zu bleiben, er nahm Herrn Bruno Rossi mit und stellte ihn dem Portier vor. Es war ein alter Mann mit dicken Brillengläsern, der hinter dem Empfangstisch döste. Ich habe hier einen Freund aus Argentinien, sagte Pereira, Herrn Bruno Lugones, hier ist sein Paß, aber er würde gern unerkannt bleiben, es sind Herzensgründe, die ihn herführen. Der Alte nahm die Brille ab und blätterte im Gästebuch. Heute morgen hat jemand angerufen, um ein Zimmer zu reservieren, sagte er, sind Sie das? Das bin ich, bestätigte Pereira. Wir haben ein Doppelzimmer ohne Bad, sagte der Alte, aber ich weiß nicht, ob es dem Herrn recht ist. Sehr recht, sagte Pereira. Zahlung im voraus, sagte der Alte, Sie wissen ja, wie es ist. Pereira nahm seine Brieftasche und zog zwei Banknoten heraus. Ich bezahle Ihnen drei Tage im voraus, sagte er, und jetzt guten Tag. Er verabschiedete sich von Herrn Bruno Rossi, zog es jedoch vor, ihm nicht die Hand zu schütteln, das erschien ihm als allzu intime Geste. Schönen Aufenthalt, sagte er zu ihm.

Er ging hinaus und blieb vor Monteiro Rossi stehen, der am Rand des Brunnens sitzend wartete. Kommen Sie morgen früh in der Redaktion vorbei, sagte er zu ihm, ich lese heute Ihren Artikel, es gibt einiges zu besprechen. Aber eigentlich …, sagte

Monteiro Rossi. Eigentlich was? fragte Pereira. Wissen Sie, sagte Monteiro Rossi, ich dachte, inzwischen wäre es besser, wenn wir einander an einem ruhigen Ort träfen, vielleicht bei Ihnen zu Hause. Einverstanden, sagte Pereira, aber nicht bei mir zu Hause, das eine Mal bei mir zu Hause reicht, wir treffen uns morgen um dreizehn Uhr im Café Orquídea, was halten Sie davon? Einverstanden, antwortete Monteiro Rossi, um dreizehn Uhr im Café Orquídea. Pereira drückte ihm die Hand und sagte auf Wiedersehen. Er beschloß, zu Fuß nach Hause zu gehen, schließlich ging es nur bergab. Der Tag war großartig, und zum Glück hatte sich eine schöne Atlantikbrise erhoben. Aber er fühlte sich nicht imstande, den Tag zu würdigen. Er fühlte sich unruhig und hätte sich gerne mit jemandem unterhalten, vielleicht mit Pater António, aber Pater António verbrachte den Tag am Bett seiner Kranken. Und da dachte er, daß er mit dem Bild seiner Frau plaudern könnte. Also habe er sein Jackett ausgezogen und sich langsam auf den Weg nach Hause gemacht, erklärt er.

13

Pereira erklärt, er habe die Nacht damit verbracht, die Übersetzung von Balzacs *Honorine* fertigzustellen und zu bearbeiten. Die Übersetzung verlangte ihm einiges ab, aber schließlich klang sie seiner Meinung nach ziemlich flüssig. Er schlief drei Stunden, von sechs bis neun Uhr morgens, dann stand er auf, nahm ein kaltes Bad, trank Kaffee und begab sich in die Redaktion. Die Portiersfrau, der er auf der Treppe begegnete, sah ihn schmollend an und grüßte ihn mit einem Nicken. Er murmelte guten Tag, ging in sein Zimmer, setzte sich an den Schreibtisch und wählte die Nummer von Doktor Costa, seinem Arzt. Hallo, Herr Doktor, sagte Pereira, hier spricht Pereira. Und wie geht es? fragte Doktor Costa. Ich leide unter Atemnot, antwortete Pereira, ich kann keine Treppen steigen, und ich glaube, ich habe ein paar Kilo zugenommen, wenn ich einen kurzen Spaziergang mache, bekomme ich Herzklopfen. Hören Sie zu, Pereira, sagte Doktor Costa, ich habe einmal die Woche Sprechstunde in der Klinik für Thalassotherapie in Parede, warum lassen Sie sich nicht für ein paar Tage einweisen? Mich einweisen lassen, warum? fragte Pereira. Weil es in der Klinik in Parede eine gute medizinische Betreuung gibt, außerdem behandeln sie Rheumatiker und Herzkranke mit Naturheilmitteln, sie machen Algenbäder, Massagen und Abmagerungskuren, und außerdem gibt es dort hervorragende Ärzte, die in Frankreich studiert haben, Sie bräuchten ein wenig Erholung und Betreuung, Pereira, und die Klinik in Parede wäre genau das richtige für Sie, wenn Sie wollen, kann ich Ihnen schon für morgen ein Zimmer reservieren, ein schönes und sauberes kleines Zimmer mit Blick aufs Meer, gesundem Leben, Algenbädern, Thalassotherapie, und ich besuche Sie mindestens einmal, ein paar Tuberkulosekranke sind auch dort, aber die Tuberkulosekranken sind in einem eigenen Pavillon untergebracht, es besteht keine Ansteckungsgefahr. Ach, wenn es darum geht, ich habe keine Angst vor Tuberkulose, habe er gesagt, erklärt Pereira, ich habe mein Leben mit einer Tuberkulosekranken verbracht, und die Krankheit hat mir nichts anhaben können, aber darin besteht nicht das Problem, das Problem besteht darin, daß man mir die Kulturseite vom Samstag anvertraut hat, ich kann die Redaktion nicht verlassen. Hören Sie, Pereira, sagte Doktor Costa, hören Sie mir gut zu, Parede liegt auf halbem Weg zwischen Lissabon und Cascais, ein Dutzend Kilometer von hier entfernt, wenn Sie Ihre Artikel in Parede schreiben und nach Lissabon schicken wollen, gibt es dort einen Hausdiener, der sie Ihnen jeden Morgen in die Stadt bringen kann, aber Ihre Seite erscheint ohnehin nur einmal die Woche, und wenn Sie ein paar lange Artikel vorbereiten, ist die Seite für zwei Wochen fertig, und außerdem lassen Sie sich sagen, die Gesundheit ist wichtiger als die Kultur. Einverstanden, sagte Pereira, aber zwei Wochen sind zuviel, mir würde eine Woche Erholung genügen. Besser als nichts, sagte Doktor Costa abschließend. Pereira erklärt, er habe sich mit dem Gedanken abgefunden, eine Woche in der Klinik für

Thalassotherapie in Parede zu verbringen, und er ermächtigte Doktor Costa, ihm ein Zimmer für den nächsten Tag zu reservieren, allerdings bestand er auf der Feststellung, daß er zuerst den Herausgeber benachrichtigen mußte, aus Gründen der Korrektheit. Er legte auf und wählte die Nummer der Drukkerei. Er sagte, daß er eine Erzählung von Balzac habe, die in zwei oder drei Folgen erscheinen sollte, und daß die Kulturseite somit für einige Wochen fertig sei. Und die Kolumne »Jahrestage«? fragte der Drucker. Keinen Jahrestag fürs erste, sagte Pereira, ihr braucht die Unterlagen nicht in der Redaktion abzuholen, denn am Nachmittag bin ich nicht da, ich hinterlege sie euch in einem verschlossenen Kuvert im Café Orquídea neben der jüdischen Fleischerei. Dann wählte er die Nummer der Vermittlung und bat die Telefonistin, ihn mit dem Thermalbad in Buçaco zu verbinden. Er verlangte den Herausgeber der *Lisboa*. Der Herausgeber ist im Park und sonnt sich, sagte der Angestellte, ich weiß nicht, ob ich ihn stören darf. Stören Sie ihn ruhig, sagte Pereira, sagen Sie, die Kulturredaktion möchte ihn sprechen. Der Herausgeber kam ans Telefon und sagte: Hallo, hier spricht der Herausgeber. Herr Direktor, sagte Pereira, ich habe eine Erzählung von Balzac übersetzt und bearbeitet, sie ist lang genug für zwei oder drei Nummern, ich rufe Sie an, weil ich beabsichtige, mich in die Klinik für Thalassotherapie in Parede einweisen zu lassen, mit meinem Herzen steht es nicht zum besten, und mein Arzt hat mir eine Kur empfohlen, habe ich Ihre Erlaubnis? Und die Zeitung? fragte der Herausgeber. Wie ich Ihnen bereits sagte, ist für zwei oder drei Wochen vorgesorgt, habe er erwidert, erklärt Pereira, und außerdem bin ich nur einen Katzensprung von Lissabon entfernt, auf jeden Fall gebe ich Ihnen die Telefonnummer der Klinik, und außerdem, falls etwas passiert, begebe ich mich sofort in die Redaktion. Und der Praktikant? fragte der Herausgeber. Könnte nicht der Praktikant Sie vertreten? Lieber nicht, antwortete Pereira, er hat für mich ein paar Nachrufe geschrieben, aber ich weiß nicht, ob die Artikel zu gebrauchen sind, wenn irgendein wichtiger Schriftsteller stirbt, erledige ich das. Einverstanden, sagte der Herausgeber, gehen Sie ruhig eine Woche auf Kur, Doktor Pereira, in der Zeitung ist immerhin der stellvertretende Herausgeber, der sich im Falle eines Falles um jedes Problem kümmern kann. Pereira verabschiedete sich und sagte, er erbiete der Dame, die er kennengelernt hatte, seine Grüße. Er legte auf und sah auf die Uhr. Es war fast Zeit, ins Café Orquídea zu gehen, aber zuerst wollte er den Nachruf auf D'Annunzio lesen, wozu er am Vorabend keine Zeit gehabt hatte. Pereira ist imstande, ihn als Beweisstück vorzulegen, weil er ihn aufbewahrt hat. Darin stand: »Vor genau fünf Monaten, am ersten März 1938 um acht Uhr abends, starb Gabriele D'Annunzio. Damals besaß diese Zeitung noch keine Kulturseite, aber heute scheint uns der Augenblick gekommen, um über ihn zu sprechen. War D'Annunzio, dessen wirklicher Name, nebenbei gesagt, Rapagnetta war, ein großer Dichter? Das ist schwer zu sagen, denn seine Werke sind noch zu neu für uns, seine Zeitgenossen. Vielleicht sollten wir besser von seiner Qualität als Mensch sprechen, die sich mit seinen dichterischen Qualitäten vermischt. Vor allem war er ein Hohepriester der Kunst. Er liebte den Luxus, die Mondänität, das Pathos, die Tat. Er war ein großer Décadent, ein Verächter der Moral, ein Liebhaber des Morbiden und der Erotik. Von dem deutschen Philosophen Nietzsche übernahm er den Mythos des Übermenschen, den er aber unter dem Aspekt des Willens zur Macht und der ästhetisierenden Ideale interpretierte, dazu bestimmt, das bunte Kaleidoskop eines unnachahmlichen Lebens zu bilden. Im Ersten Weltkrieg war er Interventionist, ein überzeugter Feind des Völkerfriedens. Er ließ sich auf kriegerische und provokante Unternehmen ein, wie 1918 auf den Flug über Wien, bei dem er italienische Flugblätter über der Stadt abwarf. Nach dem Krieg organisierte er die Besetzung der Stadt Fiume, aus der er schließlich von den italienischen Truppen vertrieben wurde. Er zog sich nach Gardone zurück, in eine Villa, die er Vittoriale degli Italiani nannte, und führte dort ein ausschweifendes und dekadentes Leben, das im Zeichen oberflächlicher Leidenschaften und erotischer Abenteuer stand. Er liebäugelte mit dem Faschismus und mit kriegerischen Unternehmen. Fernando Pessoa gab ihm den Spitznamen ›Trompetensolo‹, und vielleicht hatte er nicht völlig unrecht. Die Stimme, die wir von ihm vernehmen, ist tatsächlich nicht der Klang einer zarten Geige, sondern die dröhnende Stimme eines Blasinstruments, einer schrillen und vorlauten Trompete. Kein beispielhaftes Leben, ein großmäuliger Dichter, ein Mensch voller

Schattenseiten und Kompromisse. Keine beispielhafte Persönlichkeit, und deshalb gedenken wir ihrer. Gezeichnet: Roxy.«

Pereira dachte: Unbrauchbar, absolut unbrauchbar. Er nahm die Mappe mit den »Nachrufen« und steckte die Seite hinein. Er weiß nicht, warum er das tat, er hätte sie in den Papierkorb werfen können, hob sie aber statt dessen auf. Um den Ärger loszuwerden, der ihn übermannt hatte, beschloß er dann, die Redaktion zu verlassen und sich ins Café Orquídea zu begeben.

Als er im Café angekommen sei, erklärt Pereira, habe er sogleich die roten Haare Martas gesehen. Sie saß an einem Ecktisch, neben dem Ventilator, mit dem Rücken zur Tür. Sie trug dasselbe Kleid wie am Abend des Festes auf der Praça da Alegria, mit den Trägern, die sich im Rücken überkreuzten. Pereira erklärt, er habe gedacht, die Schultern von Marta seien wunderschön, rund, gut proportioniert, vollkommen. Er ging zu ihr hin und stellte sich ihr gegenüber. Ach, Doktor Pereira, sagte Marta ganz lässig, ich bin anstelle von Monteiro Rossi gekommen, er konnte heute nicht kommen.

Pereira nahm am Tisch Platz und fragte Marta, ob sie einen Aperitif nehme. Marta antwortete, daß sie gern einen trockenen Portwein trinken würde. Pereira rief den Kellner und bestellte zwei Gläser trockenen Portwein. Er hätte keinen Alkohol trinken sollen, aber am nächsten Tag würde er ohnehin in die Klinik für Thalassotherapie fahren und eine einwöchige Diät machen. Also? fragte Pereira, nachdem der Kellner sie bedient hatte. Also, sagte Marta, ich glaube, es ist für alle eine schwierige Zeit, er ist in den Alentejo gereist, und fürs erste bleibt er dort, es ist besser, wenn er ein paar Tage nicht in Lissabon ist. Und sein Cousin? fragte Pereira unvorsichtigerweise. Marta sah ihn an und lächelte. Ich weiß, daß Sie eine große Hilfe für Monteiro Rossi und seinen Cousin waren, sagte Marta, Doktor Pereira, Sie waren wirklich wunderbar, Sie sollten einer der Unsrigen sein. Pereira erklärt, er habe einen leisen Ärger verspürt und er habe sein Jackett ausgezogen. Hören Sie zu, erwiderte er, ich bin weder einer von euch noch von ihnen, ich ziehe es vor, mein eigener Herr zu sein, im übrigen weiß ich nicht, wer die Eurigen sind, und will es auch nicht wissen, ich bin Journalist und beschäftige mich mit Kultur, ich habe gerade eine Erzählung von Balzac übersetzt, über eure Geschichte will ich lieber nicht auf dem laufenden sein, ich bin kein Chronist. Marta trank einen Schluck Portwein und sagte: Wir schreiben keine Chroniken, Doktor Pereira, würden Sie das bitte begreifen, wir leben die Geschichte. Pereira trank ebenfalls von seinem Glas Portwein und sagte: Hören Sie zu, Geschichte ist ein schwerwiegendes Wort, auch ich habe seinerzeit Vico und Hegel gelesen, sie ist kein Tier, das sich zähmen läßt. Aber Marx haben Sie vielleicht nicht gelesen, erwiderte Marta. Ich habe ihn nicht gelesen, sagte Pereira, und er interessiert mich nicht, von Hegel-Schülern habe ich genug, und außerdem hören Sie, erlauben Sie, daß ich wiederhole, was ich Ihnen bereits gesagt habe, ich denke nur an mich und an die Kultur, das ist meine Welt. Individualanarchist? fragte Marta, das würde ich gerne wissen. Was meinen Sie damit? fragte Pereira. Ach, sagte Marta, erzählen Sie mir nicht, daß Sie nicht wissen, was Individualanarchist bedeutet, Spanien ist voll davon, die Individualanarchisten machen in diesen Zeiten viel von sich reden, und sie haben sich auch heroisch verhalten, auch wenn ihnen ein wenig Disziplin guttäte, zumindest ist das meine Meinung. Hören Sie zu, Marta, sagte Pereira, ich bin nicht in dieses Café gekommen, um über Politik zu sprechen, wie ich Ihnen bereits sagte, interessiert mich Politik nicht, weil ich mich vor allem mit Kultur beschäftige, ich hatte eine Verabredung mit Monteiro Rossi, und Sie erzählen mir, daß er im Alentejo ist, wozu ist er in den Alentejo gefahren?

Marta blickte sich um, als ob sie den Kellner suchte. Bestellen wir etwas zu essen? fragte sie, ich habe um drei eine Verabredung. Pereira rief Manuel. Sie bestellten zwei Kräuteromeletten, und dann wiederholte Pereira: Also, wozu ist Monteiro Rossi in den Alentejo gefahren? Er hat seinen Cousin begleitet, antwortete Marta, der im letzten Augenblick einen Befehl erhalten hat, es sind vor allem Leute aus dem Alentejo, die in Spanien kämpfen wollen, im Alentejo gibt es eine große demokratische Tradition und auch jede Menge Individualanarchisten wie Sie, Doktor Pereira, es gibt genug zu tun, kurz und gut, Monteiro Rossi hat also seinen Cousin in den Alentejo begleiten müssen, weil man dort Leute rekrutiert. Gut, antwortete Pereira, richten Sie ihm aus, ich wünsche ihm viel Erfolg beim Rekrutieren. Der Kellner brachte die Omeletten, und sie begannen zu essen. Pereira band sich die Serviette um den

Hals, nahm ein Stück Omelette und sagte: Hören Sie zu, Marta, ich fahre morgen in eine Klinik für Thalassotherapie in der Nähe von Cascais, ich habe Probleme mit meiner Gesundheit, sagen Sie Monteiro Rossi, sein Artikel über D'Annunzio ist absolut nicht zu gebrauchen, auf jeden Fall gebe ich Ihnen die Telefonnummer der Klinik, in der ich mich eine Woche aufhalten werde, der beste Zeitpunkt, mich anzurufen, ist um die Essenszeiten, und jetzt sagen Sie mir, wo Monteiro Rossi ist. Marta senkte die Stimme und sagte: Heute abend wird er in Portalegre sein, im Haus von Freunden, aber die Adresse möchte ich Ihnen lieber nicht geben, im übrigen ist es eine vorläufige Adresse, denn er schläft eine Nacht hier und eine Nacht dort, er muß im Alentejo herumfahren, unter Umständen wird er sich bei Ihnen melden. Einverstanden, sagte Pereira und reichte ihr ein Kärtchen, das ist meine Telefonnummer, die Klinik für Thalassotherapie in Parede. Ich muß gehen, Doktor Pereira, sagte Marta. Entschuldigen Sie, aber ich habe eine Verabredung und muß durch die ganze Stadt fahren.

Pereira erhob sich und verabschiedete sich von ihr. Marta machte sich auf den Weg und setzte sich ihren Zwirnhut auf. Pereira sah ihr nach, während sie hinausging, hingerissen von der schönen Gestalt, deren Silhouette sich gegen das Sonnenlicht abzeichnete. Er fühlte sich erleichtert und beinahe fröhlich, weiß aber nicht, warum. Also winkte er Manuel, der diensteifrig daherkam und ihn fragte, ob er einen Digestif wünsche. Er aber hatte Durst, denn es war furchtbar heiß. Er dachte einen Augenblick lang nach und sagte dann, er wolle nur eine Limonade. Und Pereira erklärt, daß er sie schön kalt bestellte, mit viel Eis.

14

Pereira erklärt, er sei am nächsten Tag früh aufgestanden. Er trank Kaffee, packte einen kleinen Koffer und legte die *Contes du lundi* von Alphonse Daudet hinein. Vielleicht blieb er ein paar Tage länger, dachte er, und Daudet war ein Autor, der zu den Erzählungen in der *Lisboa* ausgezeichnet paßte.

Er ging ins Vorzimmer, blieb vor dem Bild seiner Frau stehen und sagte zu ihm: Gestern nachmittag habe ich Marta gesehen, die Verlobte von Monteiro Rossi, ich habe den Eindruck, daß die jungen Leute sich in große Schwierigkeiten bringen beziehungsweise sich schon gebracht haben, aber mich geht das jedenfalls nichts an, ich brauche eine Woche Thalassotherapie, Doktor Costa hat sie mir verschrieben, und außerdem kommt man in Lissabon um vor Hitze, und ich habe *Honorine* von Balzac übersetzt, heute morgen reise ich ab, ich nehme einen Zug am Cais de Sodré, wenn du gestattest, nehme ich dich mit. Er nahm das Bild und legte es in den Koffer, aber mit dem Kopf nach oben, denn seine Frau hatte ihr ganzes Leben lang nach Luft gerungen, und er dachte, auch das Bild müsse gut atmen können. Dann ging er bis zu dem kleinen Platz vor der Kathedrale hinunter, wartete auf ein Taxi und ließ sich zum Bahnhof bringen. Auf dem Bahnhofsplatz stieg er aus und beschloß, in der British Bar auf dem Cais de Sodré etwas zu sich zu nehmen. Er wußte, daß dieses Lokal von Schriftstellern besucht wurde, und hoffte, jemanden zu treffen. Er trat ein und setzte sich an einen Ecktisch. Am Nebentisch saß tatsächlich der Romancier Aquilino Ribeiro, der mit Bernardo Marques zu Mittag aß, dem avantgardistischen Zeichner, der für die besten modernistischen Zeitschriften Portugals Illustrationen angefertigt hatte. Pereira wünschte ihnen einen guten Tag, und die Künstler antworteten mit einem Nicken. Es hätte ihm gefallen, an ihrem Tisch zu essen, dachte Pereira, und zu erzählen, daß er am Tag davor eine sehr negative Kritik über D'Annunzio erhalten hatte, und zu erfahren, was sie davon dachten. Aber die beiden Künstler unterhielten sich angeregt, und Pereira hatte nicht den Mut, sie zu stören. Er verstand soviel, daß Bernardo Marques nicht mehr zeichnen wollte und daß der Romancier ins Ausland gehen wollte. Pereira erklärt, das habe ihn entmutigt, weil er nicht erwartet hatte, daß ein Schriftsteller wie dieser das Land verließ. Während Pereira seine Limonade trank und sich seine Meeresschnecken schmecken ließ, fing er ein paar Sätze auf. Nach Paris, sagte Aquilino Ribeiro, der einzig mögliche Ort ist Paris. Und Bernardo Marques nickte und sagte: Diverse Zeitungen haben mich um Zeichnungen gebeten, aber ich habe keine Lust mehr zu zeichnen, das ist ein schreckliches Land, am besten, man arbeitet mit niemandem zusammen. Pereira aß seine Schnecken auf und trank seine Limonade aus, stand auf und blieb vor dem Tisch der beiden Künstler stehen. Ich wünsche den beiden Herren auch weiterhin gutes Gelingen, sagte er, gestatten Sie, daß ich mich vorstelle, ich bin Doktor Pereira von der Kulturseite der *Lisboa*, ganz Portugal ist stolz auf zwei Künstler wie Sie, wir brauchen Sie.

Dann ging er in die gleißende Mittagssonne hinaus und begab sich zum Zug. Er löste eine Fahrkarte nach Parede und fragte, wie lange die Fahrt dauere. Der Angestellte antwortete, sie dauere nur kurz, und er war zufrieden. Es war ein Zug der Linie nach Estoril, in dem vor allem Leute saßen, die in die Ferien fuhren. Pereira setzte sich auf die linke Seite des Waggons, weil er das Meer sehen wollte. Der Waggon war um diese Uhrzeit so gut wie leer, und Pereira suchte sich einen Platz aus, der ihm zusagte, zog ein wenig den Vorhang vor, damit ihm die Sonne nicht ins Gesicht schien, da seine Seite nach Süden blickte, und betrachtete das Meer. Er begann über sein Leben nachzudenken, aber er erklärt, er wolle darüber nicht sprechen. Er zieht es vor zu sagen, daß das Meer ruhig und der Strand voller Badegäste war. Pereira überlegte, wie lange er schon nicht mehr im Meer gebadet hatte, und es kam ihm vor, als wären es Jahrhunderte. Er erinnerte sich an die Zeit in Coimbra, als er die Strände in der Nähe von Oporto besuchte, den Granja-Strand oder den bei Espinho, wo es ein Casino und einen Club gab. Das Meer war eiskalt an diesen Stränden im Norden, aber er war imstande, einen ganzen Vormittag lang zu schwimmen, während seine Studienkollegen fröstelnd am Strand auf ihn warteten. Dann zogen sie sich wieder an, schlüpften in ein elegantes Sakko und gingen zum Billardspielen in den Club. Die Leute bewunderten sie, und der Maître empfing sie mit den Worten: Da sind ja die Studenten aus Coimbra. Und er gab ihnen den besten Billardtisch.

Als sie an Santo Amaro vorbeifuhren, wachte Pereira aus seinen Träumereien auf. Es war eine schöne Sandbucht, und man sah die Badekabinen aus weißblau gestreiften Zeltplanen. Der Zug hielt an, und Pereira überlegte sich, ob er aussteigen und schwimmen gehen sollte, er konnte ja den nächsten Zug nehmen. Es war stärker als er. Er könnte nicht sagen, warum es ihn überkam, vielleicht weil er an seine Zeit in Coimbra und an das Baden am Granja-Strand gedacht hatte. Er stieg mit seinem Köfferchen aus und ging durch die Unterführung, die zum Strand führte. Als er den Sand erreichte, zog er Schuhe und Socken aus und ging barfuß weiter, wobei er in der einen Hand den Koffer und in der anderen die Schuhe hielt. Er sah sofort den Bademeister, einen braungebrannten jungen Mann, der in einem Liegestuhl ausgestreckt auf die Badegäste aufpaßte. Pereira ging zu ihm hin und sagte, er wolle einen Badeanzug leihen und eine Kabine mieten. Der Bademeister maß ihn mit schläfrigem Blick vom Scheitel bis zur Sohle und murmelte: Ich weiß nicht, ob wir einen Badeanzug in Ihrer Größe haben, aber ich gebe Ihnen den Schlüssel für das Magazin, das ist die größte Kabine, Nummer eins. Und dann fragte er mit einer Miene, die Pereira spöttisch vorkam: Brauchen Sie auch einen Schwimmreifen? Ich schwimme sehr gut, antwortete Pereira, vielleicht viel besser als Sie, machen Sie sich keine Sorgen. Er nahm den Schlüssel für das Magazin und den Kabinenschlüssel und machte sich auf den Weg. Im Magazin gab es von allem ein wenig: Bojen, aufblasbare Schwimmreifen, ein Fischernetz, übersät mit Korken, Badeanzüge. Er kramte in den Badeanzügen auf der Suche nach einem altmodischen, ganzteiligen, der seinen Bauch bedeckte. Er fand einen und zog ihn an. Er saß ein wenig eng und war aus Wolle, aber etwas Besseres fand er nicht. Pereira trug seinen Koffer und seine Kleider in die Kabine und ging über den Strand. Direkt am Wasser spielte eine Gruppe junger Burschen Ball, und Pereira wich ihnen aus. Er ging ruhig ins Wasser, ganz langsam, und ließ zu, daß ihn die Kälte allmählich umfing. Dann, als ihm das Wasser bis zum Bauch reichte, stürzte er sich hinein und begann langsam und gemessen zu kraulen. Er schwamm weit hinaus, bis zur Boje. Als er sich an der Rettungsboje festhielt, spürte er, daß er außer Atem war und sein Herz heftig klopfte. Ich bin verrückt, dachte er, ich bin seit einer Ewigkeit nicht geschwommen und stürze mich so ins Wasser, wie ein Sportler. Er erholte sich, an die Boje geklammert, dann ließ er sich auf dem Rücken liegend treiben. Der Himmel über seinen Augen war von einem unerbittlichen Blau. Pereira kam wieder zu Atem und schwamm ruhig zurück, mit langsamen Stößen. Er ging am Bademeister vorbei, um den Triumph auszukosten. Wie Sie sehen, habe ich keinen Schwimmreifen gebraucht, sagte er, wann fährt der nächste Zug nach Estoril? Der Bademeister sah auf die Uhr. In einer Viertelstunde, antwortete er. Sehr gut, sagte Pereira, dann kommen Sie mir nach, ich ziehe mich solange um und bezahle dann gleich, denn ich habe nicht viel Zeit. Er zog sich in der Kabine um, ging hinaus, bezahlte beim Bademeister, kämmte seine spärlichen Haare mit einem kleinen Kamm, den er in seiner Brieftasche aufbewahrte, und verabschiedete sich. Auf Wiedersehen, sagte er, und passen Sie auf die Burschen auf, die Ball spielen, meiner Meinung nach können sie nicht schwimmen, und außerdem stören sie die Badegäste.

Er betrat die Unterführung und setzte sich auf eine Steinbank unter dem Bahnsteigdach. Er hörte den Zug kommen und sah auf die Uhr. Es war spät, dachte er, möglicherweise erwarteten sie ihn in der Klinik für Thalassotherapie zum Mittagessen, denn in Kliniken wurde früh gegessen. Er dachte: Was soll's? Aber er fühlte sich wohl, er fühlte sich entspannt und frisch, als der Zug in den Bahnhof einfuhr. Und außerdem hatte er jede Menge Zeit für die Klinik für Thalassotherapie, er hatte vor, mindestens eine Woche zu bleiben, erklärt Pereira.

Als er in Parede ankam, war es fast halb drei. Er nahm ein Taxi und bat den Fahrer, ihn in die Klinik für Thalassotherapie zu bringen. In die mit den Tuberkulosekranken? fragte der Fahrer. Das weiß ich nicht, sie liegt an der Uferpromenade. Aber das ist ja ein Katzensprung, sagte der Taxifahrer, Sie können auch zu Fuß hingehen. Hören Sie, sagte Pereira, ich bin müde, und es ist sehr heiß, ich gebe Ihnen dann ein Trinkgeld.

Die Klinik für Thalassotherapie war ein rosa Gebäude mit einem großen Park voller Palmen. Sie lag hoch oben auf den Felsen, und es gab eine Treppe, die zur Straße und dann weiter zum Strand führte. Pereira stieg mühsam die Treppe hinauf und betrat die Halle. Es empfing ihn eine dicke Dame mit roten Backen und in einem weißen Kittel. Ich bin Doktor

Pereira, sagte Pereira, mein Arzt, Doktor Costa, wollte anrufen, um mir ein Zimmer zu reservieren. Ach, Doktor Pereira, sagte die Frau im weißen Kittel, wir haben Sie zum Mittagessen erwartet, warum kommen Sie so spät, haben Sie bereits gegessen? Eigentlich habe ich nur ein paar Schnecken am Bahnhof gegessen, gestand Pereira, ich hätte schon ein wenig Appetit. Dann kommen Sie mit mir mit, sagte die Dame im weißen Kittel, das Restaurant ist geschlossen, aber Maria das Dores ist da und kann Ihnen einen Happen zubereiten. Sie geleitete ihn bis zum Speisesaal, einem weitläufigen Raum mit hohen Fenstern, die aufs Meer blickten. Er war völlig leer. Pereira setzte sich an eines der Tischchen, und eine Dame in Schürze und mit ausgeprägtem Damenbart kam. Ich bin Maria das Dores, sagte die Frau, ich bin die Köchin, ich kann Ihnen eine Kleinigkeit am Grill zubereiten. Eine Seezunge, antwortete Pereira, danke. Er bestellte auch eine Limonade und begann sie genüßlich zu schlürfen. Er zog das Jackett aus und band sich die Serviette um. Maria das Dores brachte einen gegrillten Fisch. Wir hatten keine Seezunge mehr, sagte sie, ich habe Ihnen eine Goldbrasse gemacht. Pereira begann sie mit Genuß zu essen. Die Algenbäder beginnen um fünf, sagte die Köchin, aber wenn Ihnen nicht danach ist und Sie ein Schläfchen machen wollen, können Sie morgen anfangen, Ihr Arzt ist Doktor Cardoso, er wird Sie um sechs Uhr nachmittags in Ihrem Zimmer aufsuchen. Ausgezeichnet, sagte Pereira, ich glaube, ich werde mich ein wenig ausruhen.

Er ging in sein Zimmer hinauf, das die Nummer

zweiundzwanzig hatte, und fand seinen Koffer vor. Er schloß die Fensterläden, putzte sich die Zähne und legte sich ohne Pyjama aufs Bett. Es wehte eine schöne Atlantikbrise, die durch die Ritzen der Fensterläden drang und die Vorhänge bauschte. Pereira schlief fast augenblicklich ein. Er träumte etwas Schönes, er träumte von seiner Jugend, er war am Granja-Strand und schwamm in einem Ozean, der ein Schwimmbecken zu sein schien, und am Rand dieses Schwimmbeckens saß ein bleiches Mädchen, das mit einem Handtuch in den Händen auf ihn wartete. Und dann hörte er auf zu schwimmen, und der Traum ging weiter, es war wirklich ein schöner Traum, aber Pereira will lieber nicht erzählen, wie er weiterging, denn sein Traum habe mit dieser Geschichte nichts zu tun, erklärt er.

15

Um halb sieben klopfte es an der Tür, aber Pereira erklärt, er sei bereits wach gewesen. Er betrachtete die hellen und die dunklen Streifen an der Wand, die das durch die Ritzen der Fensterläden fallende Licht erzeugte, dachte an *Honorine* von Balzac, an die Reue, und ihm schien, als hätte auch er etwas zu bereuen, aber er wußte nicht, was. Plötzlich spürte er das Bedürfnis, mit Pater António zu sprechen, denn ihm hätte er anvertrauen können, daß er gerne bereut hätte, jedoch nicht wußte, was er bereuen sollte, daß er nur den Wunsch nach Reue verspürte, das wollte er sagen, oder vielleicht gefiel ihm nur die Vorstellung der Reue, wer weiß.

Ja? sagte Pereira. Es ist Zeit für den Spaziergang, sagte die Stimme einer Krankenschwester hinter der Tür, Doktor Cardoso erwartet Sie in der Halle. Pereira erklärt, daß er keine Lust zum Spazierengehen hatte, aber trotzdem stand er auf, packte seinen Koffer aus, schlüpfte in ein Paar Tennisschuhe, in eine Baumwollhose und ein weites khakifarbenes Hemd. Er stellte das Bild seiner Frau auf den Tisch und sagte zu ihm: Nun, da bin ich also, in der Klinik für Thalassotherapie, aber wenn ich mich langweile, gehe ich, zum Glück habe ich ein Buch von Alphonse Daudet mitgenommen, so kann ich wenigstens etwas für die Zeitung übersetzen, von Daudet gefiel uns vor allem *Le petit chose*, erinnerst du dich, wir haben es in Coimbra gelesen und waren beide gerührt, es ist die Geschichte einer Kindheit, vielleicht dachten wir an den Sohn, den wir dann nicht bekommen haben, was soll's, jedenfalls habe ich die *Contes du lundi* mitgenommen, und ich glaube, eine Novelle würde sich hervorragend für die *Lisboa* eignen, tja, jetzt entschuldige mich bitte, ich muß gehen, ich glaube, ein Arzt wartet auf mich, schauen wir einmal, worin die Methoden der Thalassotherapie bestehen, wir sehen uns später.

Als er in die Halle gelangte, sah er einen Herrn im weißen Kittel, der vom Fenster aus das Meer betrachtete. Pereira ging zu ihm hin. Er war zwischen fünfunddreißig und vierzig Jahre alt, hatte einen blonden Spitzbart und himmelblaue Augen. Guten Abend, sagte der Arzt mit schüchternem Lächeln, ich bin Doktor Cardoso, Sie sind sicher Doktor Pereira, ich habe auf Sie gewartet, zu dieser Zeit gehen die Patienten am Strand spazieren, aber wenn es Ihnen lieber ist, können wir uns hier unterhalten oder in den Park hinausgehen. Pereira antwortete, er habe tatsächlich keine große Lust, am Strand spazierenzugehen, er sagte, er sei an diesem Tag bereits am Strand gewesen, und er erzählte, daß er in Santo Amaro schwimmen gewesen war. Ach, das ist großartig, rief Doktor Cardoso aus, ich dachte, ich hätte es mit einem schwierigeren Patienten zu tun, aber wie ich sehe, fühlen Sie sich von der Natur noch immer angezogen. Vielleicht fühle ich mich vielmehr von den Erinnerungen angezogen, sagte Pereira. In welcher Hinsicht? fragte Doktor Cardoso. Das erkläre ich Ihnen vielleicht später, sagte Pereira, aber nicht jetzt, vielleicht morgen.

Sie gingen in den Garten hinaus. Machen wir

einen Spaziergang, schlug Doktor Cardoso vor, das wird Ihnen und mir guttun. Hinter den Palmen des Gartens, die inmitten von Felsen und Sand wuchsen, lag ein schöner Park. Dorthin folgte Pereira Doktor Cardoso, der Lust zum Plaudern hatte. In diesen Tagen stehen Sie in meiner Obhut, sagte der Arzt, es ist notwendig, daß ich mich mit Ihnen unterhalte und daß ich Ihre Gewohnheiten kennenlerne, mir gegenüber dürfen Sie keine Geheimnisse haben. Fragen Sie mich, was Sie wollen, sagte Pereira bereitwillig. Doktor Cardoso pflückte einen Grashalm und steckte ihn in den Mund. Beginnen wir bei Ihren Ernährungsgewohnheiten, sagte er, wie sehen die aus? Am Morgen trinke ich einen Kaffee, antwortete Pereira, dann esse ich zu Mittag und zu Abend, wie alle, es ist ganz einfach. Und was essen Sie für gewöhnlich? fragte Doktor Cardoso, ich meine, was für eine Kost nehmen Sie zu sich? Omeletten, hätte Pereira am liebsten gesagt, ich esse fast nur Omeletten, denn meine Portiersfrau macht mir Sandwiches mit Omeletten und im Café Orquídea bekommt man nur Kräuteromeletten. Aber er genierte sich und gab eine andere Antwort. Ich ernähre mich abwechslungsreich, sagte er, Fisch, Fleisch, Gemüse, ich halte mich beim Essen ziemlich zurück und ernähre mich auf vernünftige Art und Weise. Und seit wann neigen Sie zur Fettleibigkeit? fragte Doktor Cardoso. Seit einigen Jahren, antwortete Pereira, seit dem Tod meiner Frau. Und wie sieht es mit Süßigkeiten aus? fragte Doktor Cardoso, essen Sie viele Süßigkeiten? Gar keine, antwortete Pereira, ich mag sie nicht, ich trinke nur Limonade. Was für Limonade? fragte Doktor Cardoso. Frischgepreßten Zitronensaft, das mag ich, das erfrischt mich, und ich habe den Eindruck, daß er mir bei der Verdauung hilft, denn ich habe oft Schwierigkeiten mit der Verdauung. Wie viele am Tag? fragte Doktor Cardoso. Pereira dachte einen Augenblick lang nach. Das hängt vom Tag ab, antwortete er, jetzt im Sommer zum Beispiel so an die zehn. Zehn Limonaden am Tag, rief Doktor Cardoso aus, Doktor Pereira, das ist ja Wahnsinn, und sagen Sie mir, nehmen Sie auch Zucker? Ich fülle sie mit Zucker an, sagte Pereira, ein halbes Glas Zucker und ein halbes Glas Limonade. Doktor Cardoso spuckte den Grashalm aus, den er im Mund hatte, machte eine gebieterische Geste mit der Hand und verkündete: Ab heute ist es Schluß mit den Limonaden, wir ersetzen sie durch Mineralwasser, am besten ohne Kohlensäure, aber wenn Sie es lieber mit Kohlensäure trinken, ist es auch in Ordnung. Unter den Zedern im Park stand eine Bank, und Pereira setzte sich, womit er Doktor Cardoso zwang, sich ebenfalls zu setzen. Ich bitte um Entschuldigung, Doktor Pereira, sagte Doktor Cardoso, aber ich möchte Ihnen jetzt eine intime Frage stellen: Wie sieht es mit Ihrem Sexualleben aus? Pereira betrachtete die Wipfel der Bäume und sagte: Was meinen Sie damit? Frauen, erklärte Doktor Cardoso, haben Sie Verkehr mit Frauen, führen Sie ein normales Sexualleben? Hören Sie zu, Doktor, sagte Pereira, ich bin Witwer, ich bin nicht mehr jung und habe eine Arbeit, die mich sehr beansprucht, ich habe weder Zeit noch Lust, nach Frauen Ausschau zu halten. Und nicht einmal nach leichten Mädchen? fragte Doktor

Cardoso, ein Abenteuer zum Beispiel, eine leichtlebige Frau, hin und wieder. Nicht einmal das, sagte Pereira und zog eine Zigarre heraus, wobei er fragte, ob er rauchen dürfe. Doktor Cardoso gestattete es ihm. Für Ihr Herzleiden ist es nicht gut, sagte er, aber wenn Sie wirklich nicht darauf verzichten können … Ich tue es, weil mir Ihre Fragen peinlich sind, gestand Pereira. Dann habe ich noch eine peinliche Frage, sagte Doktor Cardoso, haben Sie nächtliche Ergüsse? Ich verstehe die Frage nicht, sagte Pereira. Nun, sagte Doktor Cardoso, ich meine, haben Sie erotische Träume, die zum Orgasmus führen, haben Sie erotische Träume, was träumen Sie? Hören Sie, Doktor, antwortete Pereira, mein Vater hat mir beigebracht, daß unsere Träume das Privateste sind, das wir besitzen, und daß wir sie niemandem offenbaren müssen. Aber Sie sind hier zur Behandlung, und ich bin Ihr Arzt, erwiderte Doktor Cardoso, Ihre Psyche und Ihr Körper stehen miteinander in Verbindung, und ich muß wissen, was Sie träumen. Ich träume oft von der Granja, gestand Pereira. Ist das eine Frau? fragte Doktor Cardoso. Es ist ein Ort, sagte Pereira, ein Strand in der Nähe von Oporto, als junger Mann, als ich in Coimbra studierte, ging ich dorthin, dann gab es noch Espinho, das war ein eleganter Strand mit Schwimmbad und Casino, dort schwamm ich oft und ging Billard spielen, denn es gab dort einen schönen Billardsaal, und auch meine Verlobte, die ich später geheiratet habe, kam dorthin, sie war krank, aber damals wußte sie das noch nicht, sie hatte nur immer so Kopfweh, das war eine schöne Zeit meines Lebens, und vielleicht träume ich davon, weil ich gern davon träume. Gut, sagte Doktor Cardoso, für heute reicht es, heute abend würde ich gern an Ihrem Tisch essen, wir können uns über dieses und jenes unterhalten, ich interessiere mich sehr für Literatur und habe gesehen, daß Ihre Zeitung den französischen Schriftstellern des neunzehnten Jahrhunderts viel Platz einräumt, wissen Sie, ich habe in Paris studiert, meine kulturellen Vorlieben gelten Frankreich, heute abend beschreibe ich Ihnen das Programm für morgen, wir sehen uns um acht im Speisesaal.

Doktor Cardoso stand auf und verabschiedete sich von ihm. Pereira blieb sitzen und begann die Wipfel der Bäume zu betrachten. Entschuldigen Sie, Doktor, fügte Pereira hinzu, ich hatte Ihnen versprochen, die Zigarre auszumachen, aber ich habe Lust, sie zu Ende zu rauchen. Tun Sie, was Sie wollen, erwiderte Doktor Cardoso, morgen beginnen wir mit der Diät. Pereira blieb allein sitzen und rauchte. Er dachte, daß Doktor Costa, obwohl er ein alter Bekannter war, ihm nie derart persönliche und vertrauliche Fragen gestellt hätte, offenbar waren die jungen Ärzte, die in Paris studiert hatten, wirklich anders. Pereira war verwirrt und fühlte sich noch im nachhinein peinlich berührt, allem Anschein nach war dies wirklich eine besondere Klinik, erklärt er.

16

Punkt acht Uhr saß Doktor Cardoso am Tisch im Speisesaal. Pereira erklärt, er sei ebenfalls pünktlich gekommen. Er hatte seinen grauen Anzug angezogen und sich die schwarze Krawatte umgebunden. Als er den Saal betrat, blickte er sich um. Es waren an die fünfzig Personen anwesend, lauter ältere Leute. Zweifellos älter als er, zum Großteil alte Ehepaare, die am selben Tisch zu Abend aßen. Das hob seine Stimmung, erklärt er, denn er dachte, im Grunde sei er noch einer der Jüngsten, und er freute sich, daß er doch noch nicht so alt war. Doktor Cardoso lächelte ihm zu und schickte sich an aufzustehen. Mit einer Geste forderte ihn Pereira auf, sitzen zu bleiben. Gut, Doktor Cardoso, sagte Pereira, auch während dieses Abendessens befinde ich mich in Ihrer Gewalt. Ein Glas Mineralwasser auf nüchternen Magen tut der Gesundheit immer gut, sagte Doktor Cardoso. Mit Kohlensäure, bat Pereira. Mit Kohlensäure, gestand ihm Doktor Cardoso zu und füllte sein Glas. Pereira trank es mit einem leichten Gefühl des Ekels und wünschte sich eine Limonade. Doktor Pereira, sagte Doktor Cardoso, ich würde gern wissen, welche Projekte Sie für die Kulturseite der *Lisboa* haben, Ihr Nachruf auf Pessoa hat mir sehr gut gefallen, und die Erzählung von Maupassant war sehr gut übersetzt. Ich habe sie übersetzt, antwortete Pereira, aber ich zeichne nicht gern mit meinem Namen. Das sollten Sie aber tun, erwiderte Doktor Cardoso, vor allem die wichtigeren Artikel, und was hält Ihre Zeitung in Zukunft für uns bereit? Das kann ich Ihnen sagen, Doktor Cardoso, antwortete Pereira, in den nächsten drei oder vier Nummern gibt es eine Erzählung von Balzac, sie heißt *Honorine*, ich weiß nicht, ob Sie sie kennen. Doktor Cardoso schüttelte den Kopf. Es ist eine Erzählung über die Reue, sagte Pereira, eine schöne Erzählung über die Reue, die ich als autobiographisch aufgefaßt habe. Eine Beichte des großen Balzac? warf Doktor Cardoso ein. Pereira verharrte einen Augenblick lang in Gedanken. Entschuldigen Sie, wenn ich Sie frage, Doktor Cardoso, sagte er, Sie haben mir heute nachmittag gesagt, daß Sie in Frankreich studiert haben, was haben Sie studiert, wenn ich fragen darf? Ich habe ein Medizinstudium abgeschlossen und danach zwei Fachausbildungen gemacht, eine in Ernährungswissenschaften und eine in Psychologie, antwortete Doktor Cardoso. Ich sehe keinen Zusammenhang zwischen den beiden Disziplinen, habe er gesagt, erklärt Pereira, entschuldigen Sie, aber ich sehe keinen Zusammenhang. Vielleicht besteht ein größerer Zusammenhang, als man glauben möchte, sagte Doktor Cardoso, ich weiß nicht, ob Sie sich die wechselseitigen Zusammenhänge zwischen unserem Körper und unserer Psyche vorstellen können, aber es gibt mehr, als Sie sich vorstellen, doch Sie erzählten mir gerade, daß die Erzählung von Balzac autobiographisch sei. Oh, das wollte ich nicht sagen, erwiderte Pereira, ich wollte sagen, daß ich sie als autobiographisch aufgefaßt habe, daß ich mich darin wiedererkannt habe. In der Reue? fragte Doktor Cardoso. In gewisser Weise, sagte Pereira, wenn auch auf eine sehr verquere Weise, »peripher« ist das richtige Wort, sagen wir, daß ich mich auf »periphere« Weise wiedererkannt habe.

Doktor Cardoso winkte die Kellnerin herbei. Heute abend essen wir Fisch, sagte Doktor Cardoso, mir wäre am liebsten, wenn Sie gegrillten oder gekochten Fisch bestellen, aber tun Sie, was Sie wollen. Gegrillten Fisch habe ich zu Mittag gegessen, rechtfertigte sich Pereira, und gekocht mag ich Fisch wirklich nicht, das schmeckt mir zu sehr nach Krankenhaus, und ich möchte nicht den Eindruck haben, in einem Krankenhaus zu sein, ich würde lieber glauben, ich sei in einem Hotel, ich würde gern eine Seezunge nach Müllerinart essen. Ausgezeichnet, sagte Doktor Cardoso, Seezunge nach Müllerinart und Karotten in Butter, das nehme ich auch. Und dann fuhr er fort: Reue auf »periphere« Art, was bedeutet das? Die Tatsache, daß Sie Psychologie studiert haben, ermutigt mich, mit Ihnen zu sprechen, sagte Pereira, vielleicht würde ich besser daran tun, mit meinem Freund, Pater António, dem Priester, darüber zu sprechen, aber er würde vielleicht nicht verstehen, denn Priestern soll man seine Sünden beichten, und ich habe nicht das Gefühl, daß ich irgendeine besondere Sünde begangen hätte, trotzdem möchte ich bereuen, ich sehne mich nach Reue. Vielleicht sollten Sie dem Problem auf den Grund gehen, Doktor Pereira, sagte Doktor Cardoso, wenn Sie Lust haben, es gemeinsam mit mir zu tun, stehe ich zu Ihrer Verfügung. Nun gut, sagte Pereira, es ist eine merkwürdige Empfindung, die sich am Rande meiner Persönlichkeit befindet, weshalb ich sie als peripher bezeichne, Tatsache ist, daß ich einerseits froh bin, mein Leben so geführt zu haben, wie ich es geführt habe, ich bin froh, daß ich in Coimbra studiert und eine kranke Frau geheiratet habe, die ihr Leben im Sanatorium verbracht hat, daß ich viele Jahre lang als Lokalreporter für eine große Zeitung gearbeitet und jetzt zugesagt habe, den Kulturteil in dieser bescheidenen Abendzeitung zu leiten, gleichzeitig ist es jedoch so, als ob ich Lust hätte, mein Leben zu bereuen, ich weiß nicht, ob ich mich klar genug ausdrücke.

Doktor Cardoso begann seine Seezunge nach Müllerinart zu essen, und Pereira folgte seinem Beispiel. Ich müßte mehr über die letzten Monate Ihres Lebens wissen, sagte Doktor Cardoso, vielleicht hat es ein Ereignis gegeben. Was für ein Ereignis? fragte Pereira, was meinen Sie damit? Ereignis ist ein Begriff aus der Psychoanalyse, sagte Doktor Cardoso, nicht daß ich allzusehr an Freud glaubte, denn ich bin ein Synkretist, aber ich glaube, im Falle des Ereignisses hat er zweifellos recht, das Ereignis ist ein konkreter Vorfall in unserem Leben, der unsere Überzeugungen in Frage stellt und unser Gleichgewicht stört, mit einem Wort, das Ereignis ist ein Faktum, das sich im realen Leben ergibt und unser psychisches Leben beeinflußt, Sie sollten darüber nachdenken, ob es in Ihrem Leben ein Ereignis gegeben hat. Ich habe einen Menschen kennengelernt, habe er gesagt, erklärt Pereira, vielmehr zwei Menschen, einen jungen Mann und ein Mädchen. Erzählen Sie mir ruhig darüber, sagte Doktor Cardoso. Nun, sagte Pereira, es ist so, daß ich für die Kulturseite Nachrufe auf wichtige Schriftsteller, die von einem Augenblick auf den anderen sterben können, brauchte, und derjenige, den ich kennengelernt habe, hat eine Dissertation über den Tod geschrieben, er hat sie zwar teilweise abgeschrieben, aber zu Beginn glaubte ich, daß er über den Tod Bescheid wisse, und so habe ich ihn als Praktikanten aufgenommen, um Nachrufe im voraus zu schreiben, und er hat mir ein paar geschrieben, ich habe sie ihm selbst bezahlt, weil ich nicht der Zeitung auf der Tasche liegen wollte, aber sie sind alle nicht zur Veröffentlichung geeignet, denn dieser junge Mann hat nur Politik im Kopf und schreibt jeden Nachruf unter einem politischen Aspekt, ich glaube, in Wirklichkeit ist es seine Freundin, die ihm den Floh ins Ohr gesetzt hat, mit einem Wort, Faschismus, Sozialismus, Bürgerkrieg in Spanien und das ganze Zeug, wie ich Ihnen sagte, sind es lauter Artikel, die man nicht veröffentlichen kann, und bis jetzt habe ich ihn bezahlt. Das ist ja nichts Schlechtes, antwortete Doktor Cardoso, eigentlich setzen Sie nur Ihr Geld aufs Spiel. Das ist nicht das Problem, habe er zugegeben, erklärt Pereira, es ist so, daß ich zu zweifeln begonnen habe: Und wenn die beiden jungen Leute recht hätten? Dann hätten sie recht, sagte Doktor Cardoso gelassen, aber das wird die Geschichte entscheiden, nicht Sie, Doktor Pereira. Ja, sagte Pereira, aber wenn sie recht hätten, hätte mein Leben keinen Sinn, es hätte keinen Sinn, daß ich in Coimbra Literatur studiert und immer geglaubt habe, die Literatur sei das Wichtigste auf der Welt, es hätte keinen Sinn, daß ich den Kulturteil dieser Abendzeitung leite, in dem ich meine Meinung nicht zum Ausdruck bringen darf und französische Erzählungen des neunzehnten Jahrhunderts veröffentlichen muß, nichts hätte mehr Sinn, und das würde ich gern bereuen, als ob ich eine andere Person wäre und nicht der Pereira, der immer als Journalist gearbeitet hat, als ob ich etwas verleugnen müßte.

Doktor Cardoso rief die Kellnerin herbei und bestellte zweimal Obstsalat ohne Zucker und ohne Eis. Ich würde Ihnen gerne eine Frage stellen, sagte Doktor Cardoso, kennen Sie die *médecins-philosophes*? Nein, gestand Pereira, ich kenne sie nicht, wer sind sie? Die bedeutendsten sind Théodule Ribot und Pierre Janet, sagte Doktor Cardoso, mit ihren Texten habe ich mich im Laufe meines Studiums beschäftigt, es sind Mediziner und Psychologen, aber auch Philosophen, sie vertreten eine Theorie, die mir interessant erscheint, die Theorie vom Bündnis der Seelen. Erzählen Sie mir von dieser Theorie, sagte Pereira. Nun, sagte Doktor Cardoso, der Glaube, »einer« zu sein, der für sich steht, abgetrennt von der unermeßlichen Vielfalt der eigenen Ichs, entspricht der im übrigen naiven Illusion von der einzigartigen Seele, wie sie von der christlichen Tradition aufrechterhalten wird. Doktor Ribot und Doktor Janet sehen die Persönlichkeit als ein Bündnis verschiedener Seelen, denn wir tragen verschiedene Seelen in uns, nicht wahr, als Bündnis, das der Herrschaft eines hegemonischen Ichs untersteht. Doktor Cardoso machte eine kleine Pause und fuhr dann fort: Was man als Norm oder als unser Sein oder als Normalität bezeichnet, ist nur das Resultat und nicht die Voraussetzung und wird von der Herrschaft eines hegemonischen Ichs bestimmt, das im Bündnis unserer Seelen die Führung übernommen hat; wenn nun ein anderes, stärkeres und mächtigeres Ich hervortritt, setzt es das hegemonische Ich ab und tritt an dessen Stelle, übernimmt den Befehl über die Kohorte oder besser gesagt über das Bündnis der Seelen, und seine Herrschaft dauert so lange an, bis es seinerseits durch einen direkten Angriff oder eine langsame Erosion von einem neuen hegemonischen Ich abgesetzt wird. Vielleicht, sagte Doktor Cardoso abschließend, gibt es ein hegemonisches Ich, das sich im Bündnis Ihrer Seelen nach einer langsamen Erosion an die Spitze setzt, Doktor Pereira, und Sie können da gar nichts tun, Sie können es höchstens unterstützen.

Doktor Cardoso aß seinen Obstsalat auf und wischte sich den Mund mit der Serviette ab. Und was soll ich dabei tun? fragte Pereira. Nichts, antwortete Doktor Cardoso, einfach nur warten, vielleicht gibt es in Ihnen ein hegemonisches Ich, das nach einer langsamen Erosion, nach all diesen Jahren, die Sie als Journalist, als Lokalberichterstatter verbracht haben, in dem Glauben, die Literatur sei das Wichtigste auf der Welt, vielleicht gibt es ein hegemonisches Ich, das die Führung Ihres Seelenbündnisses übernimmt, lassen Sie es an die Oberfläche treten, Sie können sowieso nicht anders, es würde Ihnen nicht gelingen, und Sie würden nur in Konflikt mit sich selbst geraten, und wenn Sie Ihr Leben bereuen wollen, bereuen Sie es ruhig, und erzählen Sie es ruhig einem Priester, wenn Sie Lust dazu haben, mit einem Wort, Doktor Pereira, wenn Sie zu glauben beginnen, daß die jungen Leute recht haben und daß Ihr Leben bis jetzt umsonst war, denken Sie es ruhig, vielleicht wird Ihnen Ihr Leben von nun an nicht mehr als umsonst erscheinen, lassen Sie sich von Ihrem neuen hegemonischen Ich leiten, und entschädigen Sie sich nicht mit Essen und gezuckerter Limonade für Ihre Qualen.

Pereira aß seinen Obstsalat auf und nahm sich die Serviette ab, die er sich um den Hals gebunden hatte. Ihre Theorie ist sehr interessant, sagte er, ich werde darüber nachdenken, ich würde gerne einen Kaffee trinken, was halten Sie davon? Kaffee verursacht Schlaflosigkeit, sagte Doktor Cardoso, aber es ist Ihre Angelegenheit, wenn Sie nicht schlafen wollen, die Algenbäder finden zweimal täglich statt, um neun Uhr morgens und um fünf Uhr nachmittags, es würde mich freuen, wenn Sie morgen früh pünktlich sind, ich bin mir gewiß, daß Ihnen ein Algenbad guttun wird.

Gute Nacht, murmelte Pereira. Er stand auf und ging weg. Er machte ein paar Schritte, und dann drehte er sich um. Doktor Cardoso lächelte ihm zu. Punkt neun bin ich da, habe er gesagt, erklärt Pereira.

17

Pereira erklärt, er sei um neun Uhr morgens die Treppe hinuntergestiegen, die zum Strand der Klinik führte. In das Felsenriff, das den Strand säumte, hatte man zwei riesige Naturbecken gehauen, in die die Wellen des Ozeans ungehindert eindringen konnten. Die Becken waren voller langer, glänzender und fetter Algen, die an der Wasseroberfläche eine dichte Schicht bildeten, und ein paar Leute planschten darin herum. Neben den Becken standen zwei himmelblau gestrichene Holzhütten: die Umkleidekabinen. Pereira sah Doktor Cardoso, der die Patienten dabei überwachte, wie sie in die Becken stiegen, und ihnen Anweisungen gab, wie sie sich bewegen sollten. Pereira ging zu ihm hin und wünschte ihm einen guten Tag. Er war guter Laune, erklärt er, und hatte plötzlich Lust, in eines der Becken zu steigen, obwohl es am Strand kühl war und die Wassertemperatur vielleicht nicht ideal zum Baden war. Er bat Doktor Cardoso, ihm einen Badeanzug zu besorgen, weil er vergessen hatte, sich einen mitzunehmen, wie er zu seiner Rechtfertigung sagte, und er bat ihn, ihm einen altmodischen zu geben, so einen, der auch den Bauch und einen Teil der Brust bedeckte. Doktor Cardoso schüttelte den Kopf. Tut mir leid, Doktor Pereira, sagte er, aber Sie müssen Ihr Schamgefühl überwinden, die wohltuende Wirkung der Algen entfaltet sich vor allem bei Hautkontakt, und es ist notwendig, daß Sie den Bauch und die Brust massieren, Sie müssen eine Badehose anziehen, ein paar Shorts. Pereira fand sich damit ab und betrat die Kabine. Er ließ seine Hose und sein khakifarbenes Hemd dort zurück und ging ins Freie. Die Luft war wirklich kühl, aber belebend. Pereira steckte einen Fuß ins Wasser, fand es jedoch so eiskalt, wie er erwartet hatte. Er stieg vorsichtig ins Wasser, wobei er einen leichten Ekel wegen all der Algen empfand, die sich an seinen Körper hefteten. Doktor Cardoso kam an den Rand des Beckens und begann ihm Anweisungen zu geben. Bewegen Sie die Arme, als ob Sie Gymnastikübungen machten, sagte er zu ihm, und massieren Sie sich mit den Algen Bauch und Brust. Pereira führte die Anweisungen ergeben aus, bis er spürte, daß er außer Atem geriet. Da hielt er inne, mit dem Wasser bis zum Hals, und begann langsam mit den Armen zu kreisen. Wie haben Sie heute nacht geschlafen? fragte ihn Doktor Cardoso. Gut, antwortete Pereira, aber ich habe bis spät gelesen, ich habe ein Buch von Alphonse Daudet gelesen, gefällt Ihnen Daudet? Ich kenne ihn kaum, gestand Doktor Cardoso. Ich habe daran gedacht, eine Erzählung aus den *Contes du lundi* zu übersetzen, ich möchte sie in der *Lisboa* veröffentlichen, sagte Pereira. Erzählen Sie mir, wovon sie handelt, sagte Doktor Cardoso. Nun, sagte Pereira, sie heißt *La dernière classe* und handelt von einem Lehrer in einem französischen Dorf im Elsaß, seine Schüler sind Bauernkinder, arme Jungen, die auf den Feldern arbeiten müssen und die Schule schwänzen, und der Lehrer ist verzweifelt. Pereira machte ein paar Schritte nach vorn, damit ihm das Wasser nicht in den Mund schwappte. Und schließlich, fuhr er fort, kommt der letzte

Schultag, der Deutsch-Französische Krieg ist vorbei, der Lehrer wartet, obwohl er weiß, daß es vergeblich ist, darauf, daß ein Schüler kommt, und statt dessen kommen alle Männer aus dem Dorf, die Bauern, die Dorfältesten, die dem französischen Lehrer, der abreisen muß, ihren Respekt bezeigen, denn sie wissen, daß ihr Land am nächsten Tag von den Deutschen besetzt werden wird, und da schreibt der Lehrer »Vive la France« auf die Tafel, und so geht er, mit Tränen in den Augen, und alle, die im Klassenzimmer zurückbleiben, sind sehr gerührt. Pereira klaubte sich zwei lange Algen von den Armen und fragte: Was halten Sie davon, Doktor Cardoso? Schön, antwortete Doktor Cardoso, aber ich weiß nicht, ob man es heutzutage in Portugal schätzen wird, »Vive la France« zu lesen, so, wie die Dinge zur Zeit stehen, wer weiß, ob Sie nicht Ihrem neuen hegemonischen Ich Raum gewähren, Doktor Pereira, mir scheint, ich sehe vage Ihr neues hegemonisches Ich. Aber was sagen Sie da, Doktor Cardoso, sagte Pereira, das ist eine Erzählung aus dem neunzehnten Jahrhundert, das ist Schnee von vorgestern. Ja, sagte Doktor Cardoso, aber es ist nach wie vor eine Erzählung gegen Deutschland, und Deutschland ist tabu in einem Land wie dem unseren, haben Sie gesehen, wie man bei öffentlichen Kundgebungen den Hitlergruß durchgesetzt hat, alle grüßen mit ausgestrecktem Arm, wie die Nazis. Man wird sehen, sagte Pereira, die *Lisboa* ist jedenfalls eine unabhängige Zeitung. Und dann fragte er: Darf ich raus? Noch zehn Minuten, erwiderte Doktor Cardoso, wenn Sie schon einmal da sind, führen Sie die Kur zu Ende, aber entschuldigen Sie, was soll das heißen, eine unabhängige Zeitung in Portugal? Eine Zeitung, die keiner politischen Bewegung verpflichtet ist, antwortete Pereira. Mag sein, sagte Doktor Cardoso, aber der Herausgeber Ihrer Zeitung, lieber Doktor Pereira, ist ein Mann des Regimes, er taucht bei allen öffentlichen Kundgebungen auf, und wie er den Arm hochreißt, als ob er einen Speer werfen wollte. Das stimmt, gab Pereira zu, aber im Grunde ist er kein schlechter Mensch, und was die Kulturseite anbelangt, so läßt er mir völlig freie Hand. Es ist bequem, erwiderte Doktor Cardoso, es gibt ja ohnehin die Präventivzensur, jeden Tag, bevor sie erscheinen, müssen die Fahnen der Präventivzensur zur Druckgenehmigung vorliegen, und wenn etwas nicht genehm ist, können Sie versichert sein, daß es nicht erscheint, unter Umständen lassen sie sogar eine weiße Stelle, ich habe bereits portugiesische Zeitungen mit großen weißen Stellen gesehen, das macht einen sehr zornig und sehr traurig. Ich verstehe, sagte Pereira, ich habe sie auch gesehen, aber der *Lisboa* ist das noch nicht passiert. Es kann aber passieren, erwiderte Doktor Cardoso in scherzhaftem Ton, das hängt von dem hegemonischen Ich ab, das in Ihrem Seelenbündnis die Oberhand gewinnt. Und dann fuhr er fort: Wissen Sie was, Doktor Pereira, wenn Sie dem hegemonischen Ich helfen wollen, das im Auftauchen begriffen ist, müssen Sie vielleicht woanders hingehen, dieses Land verlassen, ich glaube, dann werden Sie weniger Konflikte mit sich selbst haben, Sie könnten das ja eigentlich tun, Sie sind ein seriöser Freiberufler, sprechen gut

Französisch, sind Witwer, haben keine Kinder, was bindet Sie an dieses Land? Ein vergangenes Leben, antwortete Pereira, die Sehnsucht nach der Vergangenheit, und Sie, Doktor Cardoso, warum gehen Sie nicht nach Frankreich zurück, schließlich haben Sie dort studiert, und Ihre kulturellen Interessen gelten Frankreich. Ich schließe es nicht aus, antwortete Doktor Cardoso, ich bin mit einer Klinik für Thalassotherapie in Saint-Malo in Kontakt, möglicherweise entscheide ich mich von einem Augenblick auf den anderen. Darf ich jetzt raus? fragte Pereira. Die Zeit ist vergangen, ohne daß wir es bemerkt hätten, sagte Doktor Cardoso, Sie haben fünfzehn Minuten länger als notwendig gekurt, gehen Sie sich ruhig anziehen, was würden Sie davon halten, wenn wir gemeinsam zu Mittag äßen? Gern, stimmte Pereira zu.

Pereira erklärt, daß er an diesem Tag in Gesellschaft von Doktor Cardoso zu Mittag aß, und seinen Ratschlag befolgend, nahm er gekochten Seehecht. Sie sprachen von Literatur, von Maupassant und von Daudet und von Frankreich, das ein großartiges Land war. Und dann zog sich Pereira in sein Zimmer zurück und ruhte sich eine Viertelstunde aus, er döste nur ein wenig, und dann betrachtete er die hellen und die dunklen Streifen, die das durch die Ritzen der Fensterläden dringende Licht auf die Decke zeichnete. Um die Mitte des Nachmittags stand er auf, duschte, zog sich wieder an, band sich seine schwarze Krawatte um und setzte sich vor das Bild seiner Frau. Ich habe einen intelligenten Arzt gefunden, sagte er zu ihm, er heißt Cardoso, hat in Frankreich studiert, er hat mir seine Theorie der menschlichen Seele dargelegt, das heißt, es ist eine philosophische Theorie aus Frankreich, es scheint, daß es in uns ein Bündnis von Seelen gibt und hin und wieder ein hegemonisches Ich, das die Führung des Bündnisses übernimmt, Doktor Cardoso erklärt, daß ich im Begriff bin, mein hegemonisches Ich zu wechseln, so wie sich die Schlangen häuten, und dieses hegemonische Ich wird mein Leben verändern, ich weiß nicht, wieweit das stimmt, und um die Wahrheit zu sagen, bin ich nicht allzu überzeugt davon, nun ja, auch gut, wir werden sehen.

Dann setzte er sich an den Tisch und begann, *La dernière classe* von Daudet zu übersetzen. Er hatte seinen Larousse mitgenommen, der ihm sehr nützte. Aber er übersetzte nur eine Seite, weil er sich Zeit lassen wollte und weil ihm diese Erzählung Gesellschaft leistete. Und Pereira erklärt, er habe während der ganzen Woche, die er in der Klinik für Thalassotherapie blieb, tatsächlich jeden Nachmittag damit verbracht, die Erzählung von Daudet zu übersetzen.

Es war eine schöne Woche, die ganz im Zeichen von Diäten, Kuren und Ruhe stand und die durch die Anwesenheit Doktor Cardosos gewann, mit dem er stets lebhafte und interessante Gespräche führte, vor allem über Literatur. Es war eine Woche, die wie im Flug verging, am Samstag erschien in der *Lisboa* die erste Folge von *Honorine* von Balzac, und Doktor Cardoso gratulierte ihm. Der Herausgeber rief ihn nie an, was bedeutete, daß in der Zeitung alles gutging. Auch Monteiro Rossi ließ nichts von sich hören, genausowenig wie Marta. In den letzten Tagen dachte Pereira fast nicht mehr an sie. Und Pereira erklärt, daß er sich frisch und in Form fühlte, als er die Klinik verließ, und er hatte vier Kilo abgenommen.

18

Er kehrte nach Lissabon zurück, und der August verging zum Großteil, als ob nichts wäre, erklärt Pereira. Seine Zugehfrau war noch nicht zurückgekommen, er fand eine Postkarte aus Setúbal in seinem Briefkasten, auf der stand: »Ich komme Mitte September, denn meine Schwester muß sich die Krampfadern operieren lassen, mit den besten Grüßen, Piedade.«

Pereira nahm wieder seine Wohnung in Besitz. Zum Glück hatte das Wetter umgeschlagen, und es war nicht sehr heiß. Am Abend erhob sich eine heftige Brise vom Atlantik her, die einen zwang, ein Jackett anzuziehen. Er kehrte in die Redaktion zurück und fand keine Neuigkeiten vor. Die Portiersfrau schmollte nicht mehr und grüßte ihn herzlicher, aber im Treppenhaus stank es noch immer schrecklich nach Gebratenem. Die Post war spärlich. Er fand die Lichtrechnung vor und schickte sie an den Hauptsitz der Zeitung. Dann war da noch ein Brief aus Chaves von einer fünfzigjährigen Dame, die Erzählungen für Kinder schrieb und der *Lisboa* eine anbot. Es war eine Geschichte mit Feen und Elfen, die nichts mit Portugal zu tun hatte und die die Dame wohl nach dem Vorbild irgendeiner irischen Novelle geschrieben hatte. Pereira schrieb ihr einen höflichen Brief, in dem er ihr nahelegte, ihre Inspiration beim portugiesischen Brauchtum zu suchen, denn, sagte er ihr, die *Lisboa* wende sich an portugiesische, nicht an angelsächsische Leser. Gegen Ende des Monats kam ein Brief aus Spanien. Er war an Monteiro Rossi adressiert, und der Briefkopf lautete: Señor Monteiro Rossi, c/o Doktor Pereira, Rua Rodrigo da Fonseca 66, Lissabon, Portugal. Pereira war versucht, ihn zu öffnen. Er hatte Monteiro Rossi fast vergessen, oder zumindest glaubte er das, und er fand es unglaublich, daß sich der junge Mann Briefe an die Kulturredaktion der *Lisboa* schicken ließ. Dann steckte er ihn in die Mappe mit der Aufschrift »Nachrufe«, ohne ihn zu öffnen. Mittags aß er im Café Orquídea, aber da Doktor Cardoso es ihm verboten hatte, nahm er keine Kräuteromelette, und er trank keine Limonade mehr, er bestellte Fischsalat und trank Mineralwasser. *Honorine* von Balzac war zur Gänze veröffentlicht worden und hatte bei den Lesern großen Erfolg gehabt. Pereira erklärt, er habe sogar zwei Telegramme erhalten, eines aus Tavira und eines aus Estremoz, und in dem einen stand, die Erzählung sei außergewöhnlich, und in dem anderen, die Reue sei etwas, was uns alle angehe, und beide schlossen mit dem Wort »danke«. Pereira dachte, jemand habe vielleicht die Flaschenpost empfangen, wer weiß, und er bereitete sich darauf vor, der Erzählung von Alphonse Daudet den letzten Schliff zu geben. Eines Morgens rief ihn der Herausgeber an, um ihm zu der Erzählung von Balzac zu gratulieren, denn er sagte, die Redaktion habe jede Menge Glückwunschbriefe erhalten. Pereira dachte, daß der Herausgeber die Flaschenpost nicht erhalten haben konnte, und er gratulierte sich selbst. Eigentlich war es eine verschlüsselte Botschaft gewesen, und nur wer sie hören konnte, konnte sie empfangen.

Der Herausgeber konnte sie weder hören noch empfangen. Und jetzt, Doktor Pereira, fragte der Herausgeber, was bereiten Sie jetzt Neues vor? Ich habe eben eine Erzählung von Daudet fertigübersetzt, antwortete Pereira, ich wünsche mir, daß sie gut aufgenommen wird. Ich hoffe, es ist nicht *L'Arlésienne*, erwiderte der Herausgeber und offenbarte mit Genugtuung eine seiner spärlichen literarischen Kenntnisse, das ist eine etwas gewagte Erzählung, und ich weiß nicht, ob sie für unsere Leser geeignet wäre. Nein, antwortete Pereira nur, es ist eine Erzählung aus den *Contes du lundi*, sie heißt *La dernière classe*, ich weiß nicht, ob Sie sie kennen, es ist eine patriotische Geschichte. Ich kenne sie nicht, antwortete der Herausgeber, aber wenn es sich um eine patriotische Erzählung handelt, ist es in Ordnung, in diesen Zeiten haben wir alle Patriotismus nötig, Patriotismus tut gut. Pereira verabschiedete sich von ihm und legte auf. Er wollte gerade das Manuskript nehmen, um es in die Druckerei zu bringen, als das Telefon erneut klingelte. Pereira war an der Tür und hatte bereits das Jackett angezogen. Hallo, sagte eine Frauenstimme, guten Tag, Doktor Pereira, ich bin Marta, ich würde Sie gern sehen. Pereira gab es einen Stich ins Herz, und er fragte: Marta, wie geht es Ihnen, wie geht es Monteiro Rossi? Das erzähle ich Ihnen später, Doktor Pereira, sagte Marta, wo kann ich Sie heute abend treffen? Pereira überlegte einen Augenblick, und fast hätte er gesagt, sie solle bei ihm zu Hause vorbeikommen, aber dann dachte er, daß sie sich besser nicht bei ihm zu Hause trafen, und antwortete: Im Café Orquídea, um halb neun. Einverstanden, sagte Marta, ich habe mir die Haare schneiden und blond färben lassen, wir sehen uns um halb neun im Café Orquídea, Monteiro Rossi geht es jedenfalls gut, und er schickt Ihnen einen Artikel.

Pereira machte sich auf den Weg in die Druckerei, und er war unruhig, erklärt er. Er überlegte sich, ob er in die Redaktion zurückkehren und dort warten sollte, bis es Zeit zum Abendessen war, aber ihm wurde klar, daß er vielmehr das Bedürfnis hatte, nach Hause zu gehen und ein kühles Bad zu nehmen. Er nahm ein Taxi und nötigte den Fahrer, die steile Straße hinaufzufahren, die zu seinem Haus führte, für gewöhnlich wagten sich die Taxis nicht das steile Stück hinauf, weil es schwierig war, umzudrehen, und Pereira mußte dem Fahrer ein Trinkgeld versprechen, denn er fühlte sich erschöpft, erklärt er. Er betrat seine Wohnung und ließ sogleich kaltes Wasser in die Wanne laufen. Er legte sich hinein und rieb sich sorgfältig den Bauch, wie es ihm Doktor Cardoso beigebracht hatte. Dann schlüpfte er in den Bademantel und ging ins Vorzimmer zum Bild seiner Frau. Marta hat wieder von sich hören lassen, sagte er zu ihm, anscheinend hat sie sich die Haare schneiden und blond färben lassen, wer weiß, warum, sie bringt mir einen Artikel von Monteiro Rossi, aber Monteiro Rossi ist offensichtlich noch mit seinen eigenen Angelegenheiten beschäftigt, diese jungen Leute machen mir Sorgen, ach, was soll's, ich erzähle dir später, wie sich die Dinge entwickeln.

Um acht Uhr fünfunddreißig, erklärt Pereira,

habe er das Café Orquídea betreten. Marta erkannte er nur deshalb in dem mageren blonden Mädchen mit den kurzen Haaren, das neben dem Ventilator saß, weil sie dasselbe Kleid wie immer trug, ansonsten hätte er sie wirklich nicht wiedererkannt. Marta schien verändert, die kurzen blonden Haare mit den Stirnfransen und den vor den Ohren flach anliegenden Locken verliehen ihr etwas Spitzbübisches und Ausländisches, vielleicht Französisches. Und außerdem mußte sie mindestens zehn Kilo abgenommen haben. Ihre Schultern, die Pereira weich und rund in Erinnerung hatte, bestanden jetzt aus zwei knochigen Schulterblättern, die aussahen wie zwei Hühnerflügel. Pereira setzte sich ihr gegenüber und sagte zu ihr: Guten Abend, Marta, was ist mit Ihnen passiert? Ich habe beschlossen, mein Aussehen zu verändern, antwortete Marta, unter gewissen Umständen ist das notwendig, und für mich war es notwendig geworden, eine andere Person zu werden.

Wer weiß, warum es Pereira in den Sinn kam, ihr eine Frage zu stellen. Er ist nicht imstande zu sagen, warum er sie ihr stellte. Vielleicht weil sie allzu blond und allzu unnatürlich war und weil er Mühe hatte, in ihr das Mädchen wiederzuerkennen, das er gekannt hatte, vielleicht weil sie sich hin und wieder verstohlen umblickte, als ob sie jemanden erwartete oder vor etwas Angst hätte, jedenfalls fragte sie Pereira: Heißen Sie immer noch Marta? Für Sie bin ich natürlich Marta, antwortete Marta, aber ich habe einen französischen Paß, ich nenne mich Lise Delaunay, von Beruf bin ich Malerin, und nach Portugal bin ich gekommen, um Aquarelle zu malen, aber eigentlich bin ich als Touristin hier.

Pereira erklärt, er habe ein großes Verlangen verspürt, eine Kräuteromelette zu bestellen und eine Limonade zu trinken. Was hielten Sie davon, wenn wir zwei Kräuteromeletten äßen? fragte er Marta. Gern, antwortete Marta, aber davor würde ich gern einen trockenen Portwein trinken. Ich auch, sagte Pereira, und bestellte zwei Gläser trockenen Portwein. Ich habe das Gefühl, es gibt ein Unglück, sagte Pereira, Sie sitzen in der Klemme, Marta, gestehen Sie es ruhig. Sagen wir ja, antwortete Marta, aber es ist eine Klemme, die mir gefällt, ich fühle mich wohl dabei, im Grunde habe ich mir dieses Leben ausgesucht. Pereira zuckte mit den Achseln. Wenn Sie glücklich sind, sagte er, und Monteiro Rossi sitzt ebenfalls in der Klemme, nehme ich an, warum hat er nichts mehr von sich hören lassen, was ist mit ihm los? Ich kann von mir sprechen, aber nicht von Monteiro Rossi, sagte Marta, ich antworte nur für mich, er hat sich bis jetzt nicht bei Ihnen gemeldet, weil er Probleme hatte, im Augenblick ist er nicht in Lissabon, er reist durch den Alentejo, aber er hat vielleicht größere Probleme als ich, jedenfalls braucht er auch Geld und schickt Ihnen deshalb einen Artikel, er sagt, es ist ein Nachruf, das Geld können Sie mir geben, wenn Sie wollen, ich lasse es ihm zukommen.

Zum Teufel mit seinen Artikeln, hätte Pereira am liebsten geantwortet, egal, ob Nachruf oder Jahrestag, ich bezahle ihn dauernd aus eigener Tasche, diesen Monteiro Rossi, ich weiß noch nicht, warum ich ihn nicht hinauswerfe, ich hatte ihm vorgeschlagen, als Journalist zu arbeiten, ihm eine Karriere in Aussicht gestellt. Aber er sagte nichts von alldem. Er zückte die Brieftasche und nahm zwei Banknoten heraus. Bringen Sie ihm das von mir, sagte er, und jetzt geben Sie mir den Artikel. Marta zog ein Blatt aus der Tasche und reichte es ihm. Hören Sie, Marta, sagte Pereira, ich möchte vorausschicken, daß Sie sich in gewissen Dingen auf mich verlassen können, obwohl ich mit euren Problemen nichts zu tun haben möchte, wie Sie wissen, interessiere ich mich nicht für Politik, aber wenn Sie Monteiro Rossi sehen, sagen Sie ihm, er soll etwas von sich hören lassen, vielleicht kann ich auch ihm helfen, auf meine Weise. Sie sind für uns alle eine große Hilfe, Doktor Pereira, sagte Marta, unsere Sache wird das nicht vergessen. Sie aßen ihre Omeletten auf, und Marta sagte, daß sie nicht länger bleiben könne. Pereira verabschiedete sich von ihr, und Marta schwebte davon wie eine Feder. Pereira blieb am Tisch sitzen und bestellte noch eine Limonade. Er hätte gern mit Pater António oder mit Doktor Cardoso über all das gesprochen, aber Pater António schlief um diese Zeit gewiß, und Doktor Cardoso war in Parede. Er trank seine Limonade aus und winkte dem Kellner, um zu bezahlen. Was geht vor? fragte er dann den Kellner. Merkwürdige Dinge, antwortete Manuel, merkwürdige Dinge, Doktor Pereira. Pereira legte ihm die Hand auf den Arm. In welcher Hinsicht merkwürdige Dinge? fragte er. Wissen Sie nicht, was in Spanien vor sich geht? antwortete der Kellner. Ich weiß es nicht, sagte Pereira. Offenbar hat ein bedeutender französischer Schriftsteller Anklage gegen das repressive Franco-Regime erhoben, sagte Manuel, es hat einen Skandal mit dem Vatikan gegeben. Und wie heißt dieser französische Schriftsteller? fragte Pereira. Tja, antwortete Manuel, im Augenblick erinnere ich mich nicht, es ist ein Schriftsteller, den Sie gewiß kennen, er heißt Bernan, Bernadette oder so ähnlich. Bernanos, rief Pereira aus, er heißt Bernanos!? Genau, antwortete Manuel, genau so heißt er. Er ist ein großer katholischer Schriftsteller, sagte Pereira stolz, ich wußte, daß er Stellung beziehen würde, er hat eine unerschütterliche Moral. Und ihm kam die Idee, daß er vielleicht ein paar Kapitel aus dem *Journal d'un curé de campagne*, das noch nicht ins Portugiesische übersetzt worden war, in der *Lisboa* veröffentlichen könnte.

Er verabschiedete sich von Manuel und gab ihm ein großzügiges Trinkgeld. Er hätte Lust gehabt, mit Pater António zu sprechen, aber Pater António schlief um diese Zeit, er stand jeden Morgen um sechs auf, um in der Mercês-Kirche die Messe zu lesen, erklärt Pereira.

19

Pereira erklärt, am nächsten Tag sei er sehr früh aufgestanden und habe Pater António besucht. Er überraschte ihn in der Sakristei der Kirche, als er gerade die heiligen Paramente ablegte. In der Sakristei war es schön kühl, an den Wänden hingen Andachtsbilder und Weihgaben.

Guten Tag, Pater António, sagte Pereira, ich bin's. Pereira, brummte Pater António, du hast dich lange nicht sehen lassen, wo hast du gesteckt? Ich war in Parede, rechtfertigte sich Pereira, ich habe eine Woche in Parede verbracht. In Parede! rief Pater António aus. Und was hast du in Parede gemacht? Ich war in einer Klinik für Thalassotherapie, antwortete Pereira, um Algenbäder zu nehmen und mich mit Naturheilmitteln behandeln zu lassen. Pater António bat ihn, ihm dabei zu helfen, die Stola abzunehmen, und sagte zu ihm: Auf was für Gedanken du kommst! Ich habe vier Kilo abgenommen, fügte Pereira hinzu, und ich habe einen Arzt kennengelernt, der mir eine interessante Theorie über die Seele erzählt hat. Und deshalb bist du gekommen? fragte Pater António. Zum Teil, gab Pereira zu, aber ich wollte auch über andere Dinge sprechen. Dann sprich, sagte Pater António. Nun, begann Pereira, es ist eine Theorie von zwei französischen Philosophen, die auch Psychologen sind, sie behaupten, daß wir nicht eine einzige Seele, sondern ein Bündnis von Seelen besitzen, das unter der Vorherrschaft eines hegemonischen Ichs steht, und hin und wieder verändert sich dieses hegemonische Ich, so daß wir eine Norm erreichen, aber es ist keine beständige Norm, es ist eine veränderliche Norm. Hör mir gut zu, Pereira, sagte Pater António, ich bin Franziskaner, ich bin ein einfacher Mensch, aber mir scheint, daß du zum Häretiker wirst, die menschliche Seele ist einzig und unteilbar, und Gott hat sie uns gegeben. Ja, erwiderte Pereira, wenn wir jedoch die Seele, von der die französischen Philosophen sprechen, durch das Wort »Persönlichkeit« ersetzen, handelt es sich nicht mehr um Häresie, ich bin zu der Überzeugung gelangt, daß wir nicht eine einzige Persönlichkeit besitzen, wir haben viele Persönlichkeiten, die unter der Vorherrschaft eines hegemonischen Ichs nebeneinander existieren. Das halte ich für eine verfängliche und gefährliche Theorie, erwiderte Pater António, die Persönlichkeit hängt von der Seele ab, und die Seele ist einzig und unteilbar, deine Worte riechen nach Häresie. Ich fühle mich aber anders als vor einigen Monaten, gestand Pereira, ich denke Dinge, die ich nie gedacht hätte, ich mache Dinge, die ich nie gemacht hätte. Es wird dir etwas zugestoßen sein, sagte Pater António. Ich habe zwei Menschen kennengelernt, sagte Pereira, einen Jungen und ein Mädchen, und vielleicht hat mich ihre Bekanntschaft verändert. So etwas passiert, antwortete Pater António, die Menschen beeinflussen uns, das passiert. Ich weiß nicht, auf welche Weise sie mich beeinflussen könnten, sagte Pereira, es sind zwei arme Romantiker ohne Zukunft, allenfalls müßte ich sie beeinflussen, ich unterstütze sie, das heißt, ich komme praktisch für den Unterhalt des Jungen auf, ich bezahle ihn dauernd aus eigener Tasche, ich habe ihn als Praktikanten aufgenommen, aber er hat mir keinen einzigen Artikel geschrieben, den man veröffentlichen könnte. Hören Sie, Pater António, meinen Sie, daß es mir guttäte zu beichten? Hast du fleischliche Sünden begangen? fragte Pater António. Das einzige Fleisch, das ich kenne, ist das, das ich mit mir herumschleppe, antwortete Pereira. Dann hör zu, Pereira, sagte Pater António abschließend, vergeude nicht meine Zeit, denn um dir die Beichte abzunehmen, muß ich mich konzentrieren, und ich möchte meine Kräfte schonen, in Kürze muß ich meine Kranken besuchen, unterhalten wir uns über dieses und jenes und über deine Angelegenheiten im allgemeinen, aber nicht im Beichtstuhl, sondern als Freunde.

Pater António nahm auf einer Bank in der Sakristei Platz, und Pereira setzte sich neben ihn. Hören Sie mir zu, Pater António, sagte Pereira, ich glaube an Gott, den allmächtigen Vater, ich empfange die Sakramente, ich befolge die Gebote und versuche nicht zu sündigen, auch wenn ich manchmal sonntags nicht zur Messe gehe, allerdings nicht aus Ungläubigkeit, sondern nur aus Faulheit, ich glaube, ein guter Katholik zu sein, und nehme mir die Gebote der Kirche zu Herzen, aber im Augenblick bin ich ein wenig durcheinander, und außerdem bin ich, obwohl ich als Journalist arbeite, nicht informiert über das, was in der Welt vor sich geht, und im Augenblick bin ich sehr verwirrt, weil, wie mir scheint, ein großer Streit über die Haltung der französischen katholischen Schriftsteller angesichts des Bürgerkriegs in Spanien ausgebrochen ist, ich hätte gern, daß Sie mich ein wenig informieren, Pater António, denn Sie wissen, was los ist, und ich würde gerne wissen, wie ich mich verhalten soll, um mich nicht der Häresie schuldig zu machen. Aber in was für einer Welt lebst du, Pereira, rief Pater António aus. Nun, versuchte Pereira sich zu rechtfertigen, es ist so, daß ich eine Woche in Parede verbracht habe, und außerdem habe ich diesen Sommer keine ausländischen Zeitungen gekauft, und aus den portugiesischen Zeitungen erfährt man nicht viel, die einzigen Neuigkeiten, die ich erfahre, sind Kaffeehausklatsch.

Pereira erklärt, daß Pater António aufstand und sich vor ihm aufpflanzte, mit einem Ausdruck, der ihm bedrohlich erschien. Hör zu, Pereira, sagte er, die Situation ist ernst, und jeder muß seine eigenen Entscheidungen treffen, ich bin ein Mann der Kirche und muß der Hierarchie gehorchen, aber du kannst dich frei entscheiden, auch wenn du katholisch bist. Dann erklären Sie mir alles, flehte Pereira, denn ich würde gern meine Entscheidungen treffen, bin jedoch nicht auf dem laufenden. Pater António schneuzte sich, verschränkte die Arme vor der Brust und fragte: Weißt du von dem Problem der baskischen Priester? Ich weiß nichts davon, gestand Pereira. Alles hat mit den baskischen Priestern begonnen, sagte Pater António, nach der Bombardierung von Guernica haben sich die baskischen Priester, die als die frommsten Christen Spaniens gelten, auf die Seite der Republik gestellt. Pater António schneuzte sich, als ob er gerührt wäre, und fuhr fort: Im Frühling des vergangenen Jahres haben zwei berühmte katholische Schriftsteller aus Frankreich, François Mauriac und Jacques Maritain, ein Manifest zur Verteidigung der Basken veröffentlicht. Mauriac! rief Pereira aus. Ich sagte, daß man eventuell einen Nachruf auf Mauriac vorbereiten solle, er ist ein fähiger Mann, aber Monteiro Rossi hat es nicht geschafft, mir einen zu schreiben. Wer ist Monteiro Rossi? fragte Pater António. Das ist der Praktikant, den ich aufgenommen habe, aber er schafft es nicht, mir einen Nachruf auf einen jener katholischen Schriftsteller zu schreiben, die eine anständige politische Haltung haben. Aber warum willst du einen Nachruf auf ihn schreiben lassen? fragte Pater António, der arme Mauriac, laß ihn am Leben, gerade ihn brauchen wir, warum willst du ihn sterben lassen? Ach, darum geht es nicht, sagte Pereira, ich hoffe, daß er hundert wird, aber angenommen, er scheidet ganz plötzlich aus dem Leben, gäbe es zumindest in Portugal eine Zeitung, die ihm rechtzeitig Respekt zollte, und diese Zeitung wäre die *Lisboa*, aber entschuldigen Sie, Pater António, fahren Sie fort. Gut, sagte Pater António, das Problem hat sich verschärft, als der Vatikan eingriff und erklärte, Tausende von spanischen Gläubigen seien von den Republikanern umgebracht worden, die baskischen Katholiken seien »rote Christen« und man müsse sie exkommunizieren, was er auch getan hat, und dem hat sich Claudel angeschlossen, der berühmte Paul Claudel, ebenfalls ein katholischer Schriftsteller, der eine Ode »Aux Martyrs Espagnols« verfaßt hat, als gereimtes Vorwort zu der miesen Propagandaschrift eines nationalistischen Agenten in

Paris. Claudel, sagte Pereira, Paul Claudel? Pater António schneuzte sich aufs neue. Genau der, sagte er, wie würdest du ihn bezeichnen, Pereira? Im Augenblick wüßte ich das nicht zu sagen, antwortete Pereira, auch er ist Katholik, er hat eine andere Haltung eingenommen, er hat seine Entscheidung getroffen. Was heißt, im Augenblick wüßtest du das nicht zu sagen, Pereira, rief Pater António aus, dieser Claudel ist ein Hurensohn, genau das ist er, und es tut mir leid, daß ich diese Worte an einem heiligen Ort aussprechen muß, denn ich würde sie dir gern in aller Öffentlichkeit sagen. Und dann? fragte Pereira. Dann, fuhr Pater António fort, dann haben die hohen Würdenträger des spanischen Klerus, angeführt von Kardinal Gomá, dem Erzbischof von Toledo, beschlossen, einen offenen Brief an die Bischöfe in aller Welt zu schicken, hast du verstanden, Pereira, an die Bischöfe in aller Welt, als ob die Bischöfe in aller Welt genau solche Faschisten wären wie sie, und sie erklären, Tausende Christen hätten in Spanien freiwillig zu den Waffen gegriffen, um die Grundsätze der Religion zu verteidigen. Ja, sagte Pereira, aber was ist mit den spanischen Märtyrern, den getöteten Gläubigen? Pater António schwieg einen Augenblick, und dann sagte er: Vielleicht sind es ja Märtyrer, aber auf jeden Fall waren es lauter Leute, die gegen die Republik hetzten, und die Republik war schließlich verfassungsmäßig, sie ist vom Volk gewählt worden, Franco ist durch einen Staatsstreich an die Macht gekommen, er ist ein Bandit. Und Bernanos? fragte Pereira. Was hat Bernanos mit alldem zu tun, auch er ist ein katholischer

Schriftsteller. Er ist der einzige, der Spanien wirklich kennt, sagte Pater António, von vierunddreißig bis zum vergangenen Jahr war er in Spanien, er hat über die Massaker der Franco-Anhänger geschrieben, der Vatikan kann ihn nicht ausstehen, weil er ein echter Augenzeuge ist. Wissen Sie, Pater António, sagte Pereira, ich denke daran, auf der Kulturseite der *Lisboa* ein, zwei Kapitel aus dem *Journal d'un curé de campagne* zu veröffentlichen, was halten Sie von der Idee? Das halte ich für eine großartige Idee, antwortete Pater António, aber ich weiß nicht, ob sie dir erlauben, sie zu veröffentlichen, Bernanos ist in diesem Land nicht sehr beliebt, er hat sich nicht gerade freundlich über das Viriato-Bataillon geäußert, das portugiesische Kontingent, das in Spanien für Franco kämpft, und jetzt entschuldige mich, Pereira, aber ich muß mich ins Krankenhaus begeben, meine Kranken warten auf mich.

Pereira stand auf und verabschiedete sich. Auf Wiedersehen, Pater António, sagte er, entschuldigen Sie, wenn Sie wegen mir soviel Zeit verloren haben, das nächstemal komme ich beichten. Das brauchst du nicht, erwiderte Pater António, sieh zuerst zu, daß du ein paar Sünden begehst, und dann komm, damit ich nicht unnütz meine Zeit vergeude.

Pereira verließ die Sakristei und stieg mühsam die Rua da Imprensa Nacional hinauf. Als er zur Kirche San Mamede gelangte, setzte er sich auf eine Bank auf dem kleinen Platz. Vor der Kirche bekreuzigte er sich, dann streckte er die Beine aus und begann die kühle Luft zu genießen. Er hätte gern eine

Limonade getrunken, und gleich daneben gab es ein Café. Aber er hielt sich zurück. Er beschränkte sich darauf, sich im Schatten auszuruhen, zog die Schuhe aus und kühlte seine Füße. Dann machte er sich langsamen Schritts auf den Weg in die Redaktion und dachte an seine Erinnerungen. Pereira erklärt, daß er an seine Kindheit dachte, an eine Kindheit, die er in Póvoa do Varzim, bei seinen Großeltern, verbracht hatte, eine glückliche Kindheit, oder zumindest betrachtete er sie als glücklich, aber von seiner Kindheit möchte er nicht sprechen, denn er erklärt, sie habe nichts mit dieser Geschichte und mit diesem Tag Ende August zu tun, an dem der Sommer seinem Ende zuging und er so verwirrt war.

Auf der Treppe traf er die Portiersfrau, die ihn herzlich begrüßte und zu ihm sagte: Guten Tag, Doktor Pereira, keine Post für Sie heute morgen und auch keine Anrufe. Was heißt hier Anrufe? fragte Pereira verblüfft. Waren Sie in der Redaktion? Nein, sagte Celeste mit triumphierender Miene, aber heute sind die Angestellten vom Telefonamt in Begleitung eines Kommissars gekommen, sie haben Ihr Telefon an das in der Portiersloge angeschlossen, sie haben gesagt, wenn niemand in der Redaktion ist, soll jemand Ihre Anrufe entgegennehmen, sie sagen, ich sei eine vertrauenswürdige Person. Sie sind eine viel zu vertrauenswürdige Person für diese Leute, hätte Pereira gerne geantwortet, sagte jedoch nichts. Er fragte nur: Und wenn ich telefonieren muß? Sie müssen sich von der Zentrale verbinden lassen, antwortete Celeste mit Genugtuung, und ich bin jetzt Ihre Telefonistin, Sie müssen mich um den Anschluß bitten, dabei wollte ich gar nicht, Doktor Pereira, ich arbeite den ganzen Vormittag und muß für vier Leute Mittagessen kochen, ich habe vier Mäuler zu stopfen, und abgesehen von den Kindern, die mit allem zufrieden sind, habe ich einen sehr anspruchsvollen Ehemann, wenn er um zwei vom Polizeipräsidium nach Hause kommt, hat er einen Mordshunger und ist sehr anspruchsvoll. Das merkt man daran, daß es im Treppenhaus immer nach Gebratenem riecht, antwortete Pereira und sagte nichts weiter. Er betrat die Redaktion, legte den Telefonhörer neben die Gabel und zog den Zettel aus der Tasche, den ihm Marta am Abend davor gegeben hatte. Es war ein von Hand und mit blauer Tinte geschriebener Artikel, und ganz oben stand: »Jahrestage«. Er lautete: »1930, vor acht Jahren, starb in Moskau der große Dichter Wladimir Majakowski. Er tötete sich mit einem Pistolenschuß, aus Liebeskummer. Er war der Sohn eines Forstaufsehers. Nachdem er blutjung der bolschewistischen Partei beigetreten war, wurde er dreimal verhaftet und von der zaristischen Polizei gefoltert. Er, der große Propagandist des revolutionären Rußland, gehörte den russischen Futuristen an, die sich in politischer Hinsicht von den italienischen Futuristen unterscheiden. An Bord einer Lokomotive unternahm er eine Lesereise durch sein Land und rezitierte in den Dörfern seine revolutionären Verse. Beim Volk rief er Begeisterung hervor. Er war Künstler, Zeichner, Dichter und Theatermann. Sein Werk ist nicht ins Portugiesische übersetzt, kann jedoch in Lissabon in der Buchhandlung in der Rua do Ouro auf französisch gekauft werden. Er war mit dem großen Cineasten Eisenstein befreundet, mit dem zusammen er mehrere Filme schuf. Er hinterläßt uns ein umfangreiches Werk, das aus Prosa, Lyrik und Theaterstücken besteht. Wir ehren hier den großen Demokraten und den glühenden Gegner des Zaren.«

Obwohl es nicht allzu heiß war, spürte Pereira einen dünnen Schweißfilm auf seinem Hals. Am liebsten hätte er diesen Artikel in den Papierkorb geworfen, denn er war allzu dumm. Statt dessen öffnete er die Mappe mit der Aufschrift »Nachrufe« und legte ihn hinein. Dann habe er das Jackett angezogen, erklärt er, weil er fand, es sei Zeit, nach Hause zu gehen.

20

Diesen Samstag erschien in der *Lisboa* die Übersetzung von *La dernière classe* von Alphonse Daudet. Die Zensur hatte den Text stillschweigend durchgehen lassen, und Pereira erklärt, er habe gedacht, daß man doch »Vive la France« schreiben könne und daß Doktor Cardoso nicht recht gehabt habe. Auch diesmal zeichnete Pereira die Übersetzung nicht namentlich. Er erklärt, daß er es deshalb nicht tat, weil er es nicht für richtig hielt, daß der Redakteur einer Kulturseite die Übersetzung einer Erzählung namentlich zeichnete, das hätte allen Lesern zu verstehen gegeben, daß er die Kulturseite letztlich allein bestritt, und das störte ihn. Es war eine Frage des Stolzes, erklärt er.

Pereira las die Erzählung mit großer Befriedigung, es war zehn Uhr morgens, es war Sonntag, und er war bereits in der Redaktion, weil er sehr früh aufgestanden war, er hatte begonnen, das erste Kapitel des *Journal d'un curé de campagne* von Bernanos zu übersetzen, und er kam gut voran. In diesem Augenblick läutete das Telefon. Für gewöhnlich steckte Pereira es aus, seit es an das der Portiersfrau angeschlossen war, denn er verabscheute es, daß sie ihm die Telefonate durchstellte, aber an diesem Morgen hatte er vergessen, es auszustecken. Hallo, Doktor Pereira, sagte die Stimme Celestes, ein Anruf für Sie, die Klinik für Thalassopirie in Parede möchte Sie sprechen. Thalassotherapie, korrigierte Pereira. So etwas Ähnliches eben, sagte die Stimme Celestes, soll ich das Gespräch durchstellen, oder soll ich sagen, daß Sie nicht da sind? Geben Sie es mir, sagte Pereira. Er hörte es klicken, als umgestellt wurde, und eine Stimme sagte: Hallo, hier spricht Doktor Cardoso, ich möchte mit Doktor Pereira sprechen. Ich bin's, antwortete Pereira, guten Tag, Doktor Cardoso, es freut mich, Sie zu hören. Die Freude ist ganz meinerseits, sagte Doktor Cardoso, wie geht es Ihnen, Doktor Pereira, befolgen Sie meine Ernährungsvorschriften? Ich tue mein Bestes, gab Pereira zu, ich tue mein Bestes, aber es ist nicht leicht. Hören Sie zu, Doktor Pereira, sagte Doktor Cardoso, ich bin dabei, einen Zug nach Lissabon zu nehmen, gestern habe ich die Erzählung von Daudet gelesen, sie ist wirklich großartig, ich würde mich gerne mit Ihnen darüber unterhalten, was hielten Sie davon, wenn wir uns zum Mittagessen träfen? Kennen Sie das Café Orquídea? fragte Pereira. Es ist in der Rua Alexandre Herculano, neben der jüdischen Fleischerei. Ich kenne es, sagte Doktor Cardoso, um welche Uhrzeit, Doktor Pereira? Um eins, sagte Pereira, wenn Ihnen das paßt. Ausgezeichnet, antwortete Doktor Cardoso, um eins, auf Wiedersehen. Pereira war sich sicher, daß Celeste das ganze Gespräch mitgehört hatte, aber es machte ihm gar nicht soviel aus, er hatte nichts gesagt, weswegen er hätte Angst haben müssen. Er fuhr fort, das erste Kapitel von Bernanos' Roman zu übersetzen, und diesmal steckte er das Telefon aus, erklärt er. Er arbeitete bis um Viertel vor eins, dann zog er das Jakkett an, tat die Krawatte in die Tasche und ging hinaus.

Doktor Cardoso war noch nicht da, als er das Café Orquídea betrat. Pereira ließ den Tisch neben dem Ventilator decken und nahm daran Platz. Als Aperitif bestellte er eine Limonade, weil er Durst hatte, allerdings ohne Zucker. Als der Kellner die Limonade brachte, fragte ihn Pereira: Was gibt es für Neuigkeiten, Manuel? Widersprüchliche Neuigkeiten, antwortete der Kellner, in Spanien scheint nun ein gewisses Gleichgewicht zu herrschen, die Nationalisten haben den Norden erobert, aber die Republikaner siegen im Zentrum, die fünfzehnte internationale Brigade scheint sich in Saragossa tapfer geschlagen zu haben, das Zentrum ist in den Händen der Republikaner, und die Italiener, die Franco unterstützen, verhalten sich auf niederträchtige Weise. Pereira lächelte und fragte: Zu wem halten Sie, Manuel? Einmal zu denen, einmal zu den anderen, antwortete der Kellner, denn stark sind sie beide, aber diese Geschichte mit unseren Jungs vom Viriato-Bataillon, die gegen die Republikaner kämpfen, gefällt mir nicht, im Grunde sind auch wir eine Republik, neunzehnhundertzehn haben wir den König verjagt, ich sehe keinen Grund, warum man gegen eine Republik kämpfen sollte. Sehr richtig, stimmte Pereira zu.

In diesem Augenblick kam Doktor Cardoso herein. Pereira hatte ihn immer im weißen Kittel gesehen, und als er ihn so, normal gekleidet sah, sei er ihm jünger vorgekommen, erklärt er. Doktor Cardoso trug ein gestreiftes Hemd und ein helles Jackett und schien ein wenig erhitzt. Er lächelte ihm zu, und Pereira erwiderte das Lächeln. Sie schüttelten sich die Hand, und Doktor Cardoso nahm Platz. Ausgezeichnet, Doktor Pereira, sagte Doktor Cardoso, ausgezeichnet, es ist wirklich eine wunderschöne Erzählung, ich hätte nicht gedacht, daß Daudet eine solche Kraft besitzt, ich bin gekommen, um Ihnen zu gratulieren, nur schade, daß Sie die Übersetzung nicht namentlich gezeichnet haben, ich hätte gern Ihren Namen in Klammern unter der Erzählung gesehen. Pereira erklärte ihm geduldig, daß er es aus Bescheidenheit getan hatte, besser gesagt aus Stolz, weil die Leser nicht bemerken sollten, daß er diese Seite, für die er verantwortlich war, allein bestritt, er wollte den Eindruck vermitteln, daß die Zeitung mehr Mitarbeiter hatte, daß es eine ordentliche Zeitung war, mit einem Wort: Er hatte es für die *Lisboa* getan.

Sie bestellten zweimal Fischsalat. Pereira hätte lieber eine Kräuteromelette gegessen, hatte jedoch nicht den Mut, in Gegenwart Doktor Cardosos eine zu bestellen. Vielleicht hat Ihr neues hegemonisches Ich an Terrain gewonnen, flüsterte Doktor Cardoso. In welcher Hinsicht? fragte Pereira. In der Hinsicht, daß Sie »Vive la France« schreiben konnten, sagte Doktor Cardoso, auch wenn Sie es jemand anders sagen ließen. Es war eine Genugtuung, gab Pereira zu, und dann, wobei er so tat, als ob er informiert wäre, fuhr er fort: Wissen Sie, daß die fünfzehnte internationale Brigade im Zentrum Spaniens die Oberhand gewinnt, in Saragossa scheint sie sich heroisch geschlagen zu haben. Machen Sie sich nicht allzu viele Illusionen, Doktor Pereira, erwiderte Doktor Cardoso, Mussolini hat Franco ein Kontingent

U-Boote geschickt, und die Deutschen unterstützen ihn mit der Luftwaffe, die Republikaner werden es nicht schaffen. Aber die Sowjets sind auf ihrer Seite, erwiderte Pereira, die internationalen Brigaden, alle Völker, die in Spanien gelandet sind, um die Republikaner zu unterstützen. Ich würde mich nicht allzu vielen Illusionen hingeben, wiederholte Doktor Cardoso, ich wollte Ihnen sagen, daß ich mich mit der Klinik in Saint-Malo geeinigt habe, ich reise in zwei Wochen ab. Verlassen Sie mich nicht, Doktor Cardoso, hätte Pereira am liebsten gesagt, ich bitte Sie, verlassen Sie mich nicht. Und statt dessen sagte er: Verlassen Sie uns nicht, Doktor Cardoso, verlassen Sie nicht unser Volk, dieses Land braucht Menschen wie Sie. Die Wahrheit ist leider, daß es sie nicht braucht, antwortete Doktor Cardoso, oder zumindest ich brauche dieses Land nicht, ich glaube, es ist besser für mich, wenn ich nach Frankreich gehe, bevor es zur Katastrophe kommt. Zur Katastrophe, sagte Pereira, zu was für einer Katastrophe? Ich weiß nicht, antwortete Doktor Cardoso, ich erwarte eine Katastrophe, eine allgemeine Katastrophe, aber ich will Ihnen keine Angst einjagen, Doktor Pereira, vielleicht entwickeln Sie gerade Ihr neues hegemonisches Ich und brauchen Ruhe, ich reise jedenfalls ab, aber hören Sie, wie geht es Ihren jungen Leuten, den jungen Leuten, die Sie kennengelernt haben und die Mitarbeiter Ihrer Zeitung sind? Nur einer ist Mitarbeiter meiner Zeitung, antwortete Pereira, aber er hat mir noch keinen Artikel geschrieben, den ich veröffentlichen könnte, stellen Sie sich vor, gestern hat er mir einen über Majakowski geschickt, in dem er den bolschewistischen Revolutionär rühmte, ich weiß nicht, warum ich ihm noch immer Geld für Artikel gebe, die nicht zur Veröffentlichung geeignet sind, vielleicht weil er in der Klemme sitzt, dessen bin ich mir sicher, und auch sein Mädchen sitzt in der Klemme, ich bin ihr einziger Bezugspunkt. Sie helfen ihnen, sagte Doktor Cardoso, stelle ich fest, aber nicht so sehr, wie Sie eigentlich möchten, wenn Ihr neues hegemonisches Ich zum Vorschein kommt, werden Sie vielleicht mehr tun, Doktor Pereira, entschuldigen Sie, wenn ich so offen mit Ihnen rede. Hören Sie einmal zu, Doktor Cardoso, sagte Pereira, ich habe diesen Jungen aufgenommen, damit er mir im voraus Nachrufe und Artikel anläßlich von Jahrestagen schreibt, aber er hat mir nur aberwitzige und revolutionäre Artikel geschickt, als ob er nicht wüßte, in was für einem Land wir leben, ich habe ihn immer aus eigener Tasche bezahlt, um der Zeitung nicht zur Last zu fallen und weil es besser war, den Herausgeber nicht mit hineinzuziehen, ich habe ihn beschützt, ich habe seinen Cousin versteckt, den ich für einen armen Teufel halte und der in einer internationalen Brigade in Spanien kämpft, im Augenblick schicke ich ihm noch immer Geld, und er treibt sich im Alentejo herum, was soll ich sonst noch tun? Sie könnten ihn besuchen, sagte Doktor Cardoso einfach. Ihn besuchen, rief Pereira aus, ihm im Alentejo nachfahren, wo er von einem heimlichen Unterschlupf zum nächsten unterwegs ist, und wo sollte ich ihn dann finden, wenn ich nicht einmal weiß, wo er wohnt? Seine Freundin wird es zweifellos wissen, sagte Doktor Cardoso, ich bin mir sicher, daß seine

Freundin es weiß, es Ihnen jedoch nicht sagt, weil sie Ihnen nicht völlig vertraut, Doktor Pereira, vielleicht könnten Sie ihr Vertrauen gewinnen, sich weniger argwöhnisch zeigen, Sie haben ein starkes Über-Ich, Doktor Pereira, und dieses Über-Ich kämpft mit Ihrem neuen hegemonischen Ich, Sie stehen sich selbst im Weg bei diesem Kampf, der sich in Ihrer Seele abspielt. Sie sollten Ihr Über-Ich ablegen und es seinem Schicksal überlassen wie ein Stück Abfall. Und was würde von mir übrigbleiben? fragte Pereira. Ich bin, was ich bin, mit meinen Erinnerungen, meinem vergangenen Leben, den Erinnerungen an Coimbra und an meine Frau, an ein Leben, das ich damit zugebracht habe, als Lokalreporter bei einer großen Zeitung zu arbeiten, was würde von mir übrigbleiben? Trauerarbeit, sagte Doktor Cardoso, ist ein Freudscher Ausdruck, entschuldigen Sie, ich bin Synkretist und habe mir von überall her ein wenig zusammengesucht, aber Sie müssen Trauerarbeit leisten, Sie müssen sich von Ihrem vergangenen Leben verabschieden, Sie müssen in der Gegenwart leben, ein Mann kann nicht leben wie Sie, Doktor Pereira, und nur an die Vergangenheit denken. Und meine Erinnerungen, fragte Pereira, und das, was ich erlebt habe? Sie wären nur Erinnerung, antwortete Doktor Cardoso, und würden nicht so anmaßend von Ihrer Gegenwart Besitz ergreifen. Sie leben ganz in der Vergangenheit, Sie sind hier, als lebten Sie noch wie vor dreißig Jahren in Coimbra, als lebte Ihre Frau noch, wenn Sie so weitermachen, werden Sie eine Art Erinnerungsfetischist, vielleicht beginnen Sie sogar noch, mit dem Bild Ihrer Frau zu sprechen. Pereira wischte sich den Mund mit der Serviette ab, senkte die Stimme und sagte: Das tue ich bereits, Doktor Cardoso. Doktor Cardoso lächelte. Ich habe das Bild Ihrer Frau in Ihrem Zimmer in der Klinik gesehen, sagte er, und ich habe gedacht: Dieser Mann spricht im Geiste mit dem Bild seiner Frau, er hat noch keine Trauerarbeit geleistet, genau das habe ich gedacht, Doktor Pereira. Eigentlich spreche ich nicht im Geiste mit ihm, fügte Pereira hinzu, ich spreche laut mit ihm, ich erzähle ihm alles von mir, und es ist, als ob das Bild mir antwortete. Das sind Phantasien, die Ihnen Ihr Über-Ich diktiert, sagte Doktor Cardoso, Sie sollten mit jemandem über diese Dinge sprechen. Aber ich habe niemanden, mit dem ich sprechen könnte, gestand Pereira, ich bin allein, ich habe einen Freund, der Professor an der Universität Coimbra ist, ich habe ihn im Thermalbad in Buçaco besucht und bin am Tag darauf abgereist, weil ich ihn nicht ausgehalten habe, die Universitätsprofessoren befürworten alle die augenblickliche politische Situation, und er macht keine Ausnahme, und dann gibt es da noch den Herausgeber meiner Zeitung, er nimmt an allen öffentlichen Kundgebungen teil, den Arm emporgereckt wie einen Speer, gar nicht vorstellbar, daß ich mit ihm spreche, und dann ist da noch die Portiersfrau der Redaktion, Celeste, sie ist eine Informantin der Polizei, und jetzt ist sie auch noch meine Telefonistin, und dann wäre da noch Monteiro Rossi, aber er ist auf der Flucht. Ist Monteiro derjenige, den Sie kennengelernt haben? fragte Doktor Cardoso. Er ist mein Praktikant, antwortete Pereira, der Junge, der für mich Artikel schreibt, die ich nicht veröffentlichen kann. Dann suchen Sie ihn, erwiderte Doktor Cardoso, wie ich Ihnen bereits sagte, er ist jung, er ist die Zukunft, Sie brauchen den Umgang mit jemandem, der jung ist, auch wenn er Artikel schreibt, die in Ihrer Zeitung nicht veröffentlicht werden können, hören Sie auf, Umgang mit der Vergangenheit zu pflegen, pflegen Sie Umgang mit der Zukunft. Was für ein schöner Ausdruck, sagte Pereira, Umgang mit der Zukunft pflegen, was für ein schöner Ausdruck, der wäre mir nie eingefallen. Pereira bestellte eine Limonade ohne Zucker und fuhr fort: Und dann wären da noch Sie, Doktor Cardoso, mit Ihnen spreche ich sehr gerne, und mit Ihnen würde ich auch in Zukunft sehr gerne sprechen, aber Sie verlassen uns, Sie verlassen mich, Sie lassen mich hier einsam zurück, und ich habe niemanden außer dem Bild meiner Frau, wie Sie verstehen werden. Doktor Cardoso trank den Kaffee, den Manuel ihm gebracht hatte. Ich kann mit Ihnen in Saint-Malo sprechen, wenn Sie mich besuchen, Doktor Pereira, sagte Doktor Cardoso, es ist nicht gesagt, daß dieses Land für Sie gemacht ist, und außerdem birgt es zu viele Erinnerungen, versuchen Sie Ihr Über-Ich in den Rinnstein zu werfen, und räumen Sie Ihrem neuen hegemonischen Ich Platz ein, vielleicht können wir uns unter anderen Umständen sehen, und Sie werden ein anderer Mensch sein.

Doktor Cardoso bestand darauf, das Mittagessen zu bezahlen, und Pereira erklärt, daß er sich gerne einladen ließ, denn nachdem er Marta am Abend davor die zwei Banknoten gegeben hatte, war seine

Geldbörse ziemlich leer. Doktor Cardoso stand auf und verabschiedete sich von ihm. Auf bald, Doktor Pereira, sagte er, ich hoffe, Sie in Frankreich oder in irgendeinem anderen Land der weiten Welt wiederzusehen, und ich bitte Sie, geben Sie Ihrem neuen hegemonischen Ich Raum, lassen Sie es sein, es muß geboren werden, es muß sich durchsetzen.

Pereira stand auf und verabschiedete sich von ihm. Er sah ihm zu, wie er sich entfernte, und verspürte eine große Wehmut, als ob es ein endgültiger Abschied wäre. Er dachte an die Woche, die er in der Klinik für Thalassotherapie in Parede verbracht hatte, an seine Gespräche mit Doktor Cardoso, an seine Einsamkeit. Und als Doktor Cardoso durch die Tür trat und auf der Straße verschwand, fühlte er sich allein, wirklich allein, und er dachte, wenn man wirklich allein ist, ist der Augenblick gekommen, sich mit seinem hegemonischen Ich auseinanderzusetzen, das sich an die Spitze der Seelenkohorten setzen möchte. Aber trotz dieses Gedankens fühlte er sich nicht getröstet, ganz im Gegenteil, er fühlte eine große Sehnsucht, wonach, könnte er nicht sagen, aber es war eine große Sehnsucht nach einem vergangenen und nach einem zukünftigen Leben, erklärt Pereira.

21

Am Morgen des nächsten Tages, erklärt Pereira, habe ihn das Telefon geweckt. Er war noch in einem Traum befangen, einem Traum, den er, wie ihm schien, die ganze Nacht lang geträumt hatte, einem langen und glücklichen Traum, den er nicht gerne offenbaren möchte, weil er nichts mit dieser Geschichte zu tun hat.

Pereira erkannte sofort die Stimme Fräulein Filipas, der Sekretärin des Herausgebers. Guten Tag, Doktor Pereira, sagte Filipa sanft, ich verbinde Sie mit dem Herrn Direktor. Pereira schüttelte den Schlaf ab und setzte sich an den Rand des Bettes. Guten Tag, Doktor Pereira, sagte der Herausgeber, hier spricht der Direktor. Guten Tag, Herr Direktor, antwortete Pereira, hatten Sie einen schönen Urlaub? Einen sehr schönen, sagte der Herausgeber, einen sehr schönen, das Thermalbad von Buçaco ist wirklich ein wunderbarer Ort, aber ich glaube, das habe ich Ihnen bereits gesagt, wenn ich mich nicht irre, haben wir schon miteinander gesprochen. Ach ja, gewiß, sagte Pereira, wir haben miteinander gesprochen, als die Erzählung von Balzac erschien, verzeihen Sie mir, aber ich bin gerade aufgewacht und habe noch keinen klaren Kopf. Es kommt vor, daß man hin und wieder keinen klaren Kopf hat, sagte der Herausgeber mit einer gewissen Grobheit, und ich glaube, das kann auch Ihnen passieren. Tatsächlich, antwortete Pereira, mir passiert es vor allem am Vormittag, weil mein Blutdruck schwankt. Stabilisieren Sie ihn mit ein wenig Salz, riet der Herausgeber, etwas Salz unter die Zunge, und die Blutdruckschwankungen stabilisieren sich, aber ich rufe nicht an, um mich mit Ihnen über Ihren Blutdruck zu unterhalten, Doktor Pereira, Tatsache ist, daß Sie sich nicht mehr in der Redaktion blicken lassen, das ist das Problem, Sie sperren sich in diesem Kämmerchen in der Rua Rodrigo da Fonseca ein und kommen nie zu mir, um mit mir zu sprechen, Sie legen mir nie Ihre Projekte dar, Sie machen alles in Eigenregie. Entschuldigen Sie, Herr Direktor, sagte Pereira, aber Sie haben mir eigentlich freie Hand gelassen, Sie haben gesagt, ich allein sei für die Kulturseite verantwortlich, mit einem Wort, Sie haben gesagt, ich solle alles in Eigenregie machen. In Eigenregie ist gut, fuhr der Herausgeber fort, aber meinen Sie nicht, daß Sie sich hin und wieder mit mir besprechen sollten? Das würde auch mir helfen, sagte Pereira, denn eigentlich bin ich allein, zu allein, um die Kulturseite zu machen, und Sie haben zu mir gesagt, daß Sie sich nicht mit Kultur befassen wollen. Und Ihr Praktikant, fragte der Herausgeber, hatten Sie mir nicht gesagt, daß Sie einen Praktikanten aufgenommen haben? Ja, antwortete Pereira, aber seine Artikel sind noch unausgegoren, und außerdem ist kein interessanter Schriftsteller gestorben, und außerdem ist er ein junger Mann und hat mich um Urlaub gebeten, er ist wohl ans Meer gefahren, er hat sich seit fast einem Monat nicht mehr gemeldet. Dann entlassen Sie ihn, Doktor Pereira, sagte der Herausgeber, was machen Sie mit einem Praktikanten, der nicht schreiben kann und auf Urlaub geht? Geben wir ihm noch eine Chance, erwiderte Pereira, im Grunde muß er das Handwerk erst lernen, er ist noch ein unerfahrener Junge, er muß von der Pike auf lernen. In diesem Augenblick unterbrach die sanfte Stimme Fräulein Filipas das Gespräch. Entschuldigen Sie, Herr Direktor, sagte sie, da ist ein Anruf für Sie von der Zivilregierung, ich glaube, es ist dringend. Gut, Doktor Pereira, sagte der Herausgeber, ich lasse Sie in ungefähr zwanzig Minuten noch einmal anrufen, wachen Sie inzwischen erst mal richtig auf, und lassen Sie etwas Salz unter der Zunge zergehen. Wenn Sie wollen, rufe ich Sie an, sagte Pereira. Nein, sagte der Herausgeber, ich muß mir Zeit lassen, sobald ich fertig bin, rufe ich Sie an, auf Wiedersehen.

Pereira stand auf und nahm rasch ein Bad. Er kochte Kaffee und aß etwas Salzgebäck. Dann zog er sich an und ging ins Vorzimmer. Der Herausgeber hat mich gerade angerufen, sagte er zum Bild seiner Frau, ich glaube, er umkreist die Beute, hat aber noch nicht zugebissen, ich verstehe nicht, was er von mir will, aber er wird wohl zubeißen, was sagst du dazu? Seine Frau auf dem Bild lächelte ihn aus der Ferne an, und Pereira sagte abschließend: Nun gut, was soll's, hören wir uns also an, was der Herausgeber von mir will, Vorwürfe habe ich mir keine zu machen, zumindest nicht, was die Zeitung betrifft, ich übersetze ja nur französische Erzählungen des neunzehnten Jahrhunderts.

Er setzte sich an den Tisch im Wohnzimmer und überlegte sich, ob er einen Artikel anläßlich Rilkes Todestag vorbereiten sollte. Aber im Grunde hatte er keine Lust, über Rilke zu schreiben, über diesen so eleganten und so versnobten Mann, der in der guten Gesellschaft verkehrt hatte, zum Teufel mit ihm, dachte Pereira. Er begann ein paar Sätze des Romans von Bernanos zu übersetzen, es war komplizierter, als er dachte, zumindest am Anfang, und er war erst beim ersten Kapitel, er war noch nicht in die Geschichte eingedrungen. In diesem Augenblick läutete das Telefon. Nochmals guten Tag, sagte die sanfte Stimme Fräulein Filipas, ich verbinde Sie mit dem Herrn Direktor. Pereira wartete ein paar Sekunden, dann sagte die Stimme des Herausgebers, ernst und mit Pausen zwischen den Worten: Nun, Doktor Pereira, wovon haben wir gerade gesprochen? Wir sprachen gerade davon, daß ich mich in meiner Redaktion in der Rua Rodrigo da Fonseca einsperre, Herr Direktor, sagte Pereira, aber das ist das Zimmer, in dem ich arbeite, in dem ich über Kultur berichte, ich wüßte nicht, was ich in der Zeitung machen sollte, die Journalisten kenne ich nicht, bei einer anderen Zeitung habe ich jahrelang den Lokalteil betreut, aber den wollten Sie mir nicht anvertrauen, Sie wollten mir die Kultur anvertrauen, und mit den politischen Journalisten habe ich keinen Kontakt, ich weiß nicht, was ich in der Zeitung sollte. Haben Sie sich ausgetobt, Doktor Pereira? fragte der Herausgeber. Entschuldigen Sie, Herr Direktor, sagte Pereira, ich wollte mich nicht austoben, ich wollte Ihnen nur meine Gründe darlegen. Gut, sagte der Herausgeber, aber jetzt möchte ich Ihnen eine einfache Frage stellen, warum verspüren Sie nicht die Notwendigkeit, sich mit Ihrem Herausgeber zu unterhalten? Weil Sie mir gesagt haben, Kultur sei nicht Ihre Sache, Herr Direktor, antwortete Pereira. Hören Sie, Doktor Pereira, sagte der Herausgeber, ich weiß nicht, ob Sie schwerhörig sind oder ob Sie wirklich nicht verstehen wollen, Tatsache ist, daß ich Sie zu mir beordere, verstehen Sie, eigentlich sind Sie es, der hin und wieder um ein Gespräch mit mir bitten müßte, aber da Sie schwer von Begriff sind, bitte ich nunmehr um ein Gespräch mit Ihnen. Ich stehe zu Ihrer Verfügung, sagte Pereira, zu Ihrer völligen Verfügung. Gut, sagte der Herausgeber abschließend, kommen Sie also nachmittags um fünf zu mir, und jetzt auf Wiedersehen und einen schönen Tag, Doktor Pereira.

Pereira stellte fest, daß er ein wenig schwitzte. Er zog das Hemd aus, das Schweißflecke unter den Achseln hatte, und überlegte sich, ob er in die Zeitung gehen und bis um fünf Uhr nachmittags warten sollte. Dann sagte er sich, daß in der Redaktion nichts zu tun war, er hätte Celeste sehen und das Telefon ausstecken müssen, es war besser, wenn er zu Hause blieb. Er setzte sich wieder an den Tisch im Eßzimmer und begann Bernanos zu übersetzen. Gewiß war es ein komplizierter und auch langwieriger Roman, wer weiß, was die Leser der *Lisboa* denken würden, wenn sie das erste Kapitel lasen. Trotz allem machte er weiter und übersetzte ein paar Seiten. Zur Essenszeit überlegte er sich, ob er sich etwas zubereiten sollte, aber seine Speisekammer war leer. Pereira erklärt, er habe gedacht, daß er trotz der vorgerückten Stunde im Café Orquídea einen Happen essen und dann in die Zeitung gehen konnte. Er zog den hellen Anzug an, band sich die schwarze Krawatte um und verließ das Haus. Mit der Straßenbahn fuhr er bis zum Terreiro do Paço, wo er umstieg und in die Rua Alexandre Herculano fuhr. Als er das Café Orquídea betrat, war es fast drei, und der Kellner räumte gerade die Tische ab. Kommen Sie, Doktor Pereira, sagte Manuel herzlich, für Sie gibt es immer etwas zu essen, ich nehme an, daß Sie noch kein Mittagessen hatten, das Leben der Journalisten ist hart. Ach ja, antwortete Pereira, vor allem das der Journalisten, die nichts wissen, so wie man in diesem Land nie etwas weiß, was gibt es Neues? Vor der Küste Barcelonas sind angeblich englische Schiffe bombardiert worden, antwortete Manuel, und ein französisches Passagierschiff soll bis zu den Dardanellen verfolgt worden sein, und zwar von italienischen U-Booten, die Stärke der Italiener sind ihre U-Boote, das ist ihre Spezialität. Pereira bestellte eine Limonade ohne Zucker und eine Kräuteromelette. Er setzte sich neben den Ventilator, aber an diesem Tag war der Ventilator ausgeschaltet. Wir haben ihn ausgeschaltet, sagte Manuel, der Sommer ist jetzt vorbei, haben Sie das Gewitter heute nacht gehört? Ich habe es nicht gehört, antwortete Pereira, ich habe tief geschlafen, aber mir ist immer noch heiß. Manuel schaltete den Ventilator für ihn ein und brachte ihm die Limonade. Wie wär's mit ein wenig Wein, Doktor Pereira, wann machen Sie mir die Freude, daß ich Ihnen ein wenig Wein servieren darf? Wein schadet meinem Herzen, antwortete Pereira, hast du eine Morgenzeitung? Manuel brachte ihm die Zeitung. Die Schlagzeile lautete: *Skulpturen aus Sand am*

Strand von Carcavelos. Der Minister des Secretariado Nacional de Propaganda eröffnet die Ausstellung der kleinen Künstler. Es gab auch ein großes halbseitiges Foto, auf dem die Werke der jungen Strandkünstler zu sehen waren: Sirenen, Schiffe, Boote und Wale. Pereira blätterte um. Im Inneren des Blattes stand: »Heldenhafter Widerstand des portugiesischen Kontingents in Spanien.« Der Untertitel lautete: »Aus der Ferne unterstützt von den italienischen U-Booten, zeichnen sich unsere Soldaten in einer weiteren Schlacht aus.« Pereira hatte keine Lust, den Artikel zu lesen, und legte die Zeitung auf einen Stuhl. Er aß seine Omelette auf und nahm noch eine Limonade ohne Zucker. Dann bezahlte er, stand auf, schlüpfte in sein Jackett, das er ausgezogen hatte, und machte sich zu Fuß auf den Weg zum Hauptsitz der *Lisboa.* Als er dort ankam, war es dreiviertel fünf. Pereira erklärt, er habe ein Café betreten und einen Schnaps bestellt. Er war sich sicher, daß er seinem Herzen schaden würde, dachte jedoch: Was soll's. Dann stieg er die Treppe des alten Gebäudes hinauf, in dem sich der Sitz der *Lisboa* befand, und begrüßte Fräulein Filipa. Ich melde Sie an, sagte Fräulein Filipa. Nicht notwendig, antwortete Pereira, ich melde mich selbst an, es ist Punkt fünf, und der Herr Direktor hat mich für fünf herbestellt. Er klopfte an die Tür und hörte die Stimme des Herausgebers, die »Herein« sagte. Pereira knöpfte sein Jackett zu und ging hinein. Der Herausgeber war braungebrannt, sehr braungebrannt, offenbar hatte er im Park des Thermalbades Sonnenbäder genommen. Da bin ich, Herr Direktor, sagte Pereira, ich stehe zu Ihrer Verfügung, sagen Sie mir alles. Alles ist wenig, Pereira, sagte der Herausgeber, wir haben uns seit mehr als einem Monat nicht gesehen. Wir haben uns im Thermalbad gesehen, sagte Pereira, und ich hatte das Gefühl, daß Sie zufrieden sind. Urlaub ist Urlaub, fiel ihm der Herausgeber ins Wort, sprechen wir nicht vom Urlaub. Pereira setzte sich auf den Stuhl vor dem Schreibtisch. Der Herausgeber nahm einen Bleistift und ließ ihn auf der Tischplatte kreisen. Doktor Pereira, sagte er, ich würde Sie gern duzen, wenn Sie gestatten. Wie Sie wünschen, antwortete Pereira. Hör zu, Pereira, sagte der Herausgeber, wir kennen uns erst seit kurzem, seitdem diese Zeitung gegründet worden ist, aber ich weiß, daß du ein guter Journalist bist, du hast fast dreißig Jahre lang als Lokalreporter gearbeitet, du kennst das Leben, und ich bin mir sicher, daß du mich verstehst. Ich tue mein möglichstes, sagte Pereira. Nun, sagte der Herausgeber, was dir da letztens eingefallen ist, habe ich mir nicht erwartet. Was? fragte Pereira. Das Loblied auf Frankreich, sagte der Herausgeber, hat in den Kreisen, auf die es ankommt, viel böses Blut gemacht. Was für ein Loblied auf Frankreich? fragte Pereira verwundert. Pereira, rief der Herausgeber aus, du hast eine Erzählung von Alphonse Daudet veröffentlicht, die vom Krieg mit den Deutschen handelt und mit dem Satz »Vive la France« endet! Es ist eine Erzählung aus dem neunzehnten Jahrhundert, antwortete Pereira. Eine Erzählung aus dem neunzehnten Jahrhundert, ja, die aber von einem Krieg gegen Deutschland handelt, und du wirst wohl wissen, Pereira, daß

Deutschland unser Verbündeter ist. Unsere Regierung hat keine Bündnisse geschlossen, erwiderte Pereira, zumindest nicht offiziell. Hör doch mal, Pereira, sagte der Herausgeber, versuch mitzudenken, auch wenn es keine Bündnisse gibt, so gibt es doch Sympathien, starke Sympathien, wir haben die gleichen Ansichten wie Deutschland, in der Innen- wie in der Außenpolitik, und wie Deutschland unterstützen auch wir die spanischen Nationalisten. Die Zensur hat aber keine Einwände gehabt, verteidigte sich Pereira, sie hat die Erzählung stillschweigend durchgehen lassen. Die von der Zensur sind Trottel, sagte der Herausgeber, Analphabeten, der Chef der Zensurbehörde ist zwar ein intelligenter Mann, er ist mein Freund, aber er kann nicht persönlich die Fahnen aller portugiesischen Zeitungen lesen, die anderen sind Funktionäre, arme Polizisten, die dafür bezahlt werden, daß keine subversiven Wörter wie Sozialismus oder Kommunismus durchrutschen, eine Erzählung von Daudet, die mit »Vive la France« endet, konnten sie einfach nicht verstehen, wir sind es, die wachsam und vorsichtig sein müssen, wir Journalisten haben historische und kulturelle Erfahrung, wir müssen uns selbst überwachen. Ich bin's, der überwacht wird, habe er gesagt, erklärt Pereira, in Wirklichkeit ist da jemand, der mich überwacht. Das mußt du mir erklären, Pereira, sagte der Herausgeber, was meinst du damit? Ich meine damit, daß ich in der Redaktion eine Telefonzentrale habe, sagte Pereira, ich nehme meine Anrufe nicht mehr direkt entgegen, sie werden alle von Celeste, der Portiersfrau des Gebäudes, durchgestellt. Das ist in allen Redaktionen so üblich, erwiderte der Herausgeber, wenn du nicht zugegen bist, ist jemand da, der das Telefongespräch entgegennimmt und an deiner Statt antwortet. Ja, sagte Pereira, aber die Portiersfrau ist eine Informantin der Polizei, dessen bin ich mir sicher. Ach komm schon, Pereira, sagte der Herausgeber, die Polizei beschützt uns, sie bewacht unseren Schlaf, du solltest ihr dankbar sein. Ich bin niemandem dankbar, Herr Direktor, antwortete Pereira, ich bin nur meiner Professionalität dankbar und der Erinnerung an meine Frau. Schönen Erinnerungen soll man immer dankbar sein, stimmte der Herausgeber zu, aber bevor du die Kulturseite veröffentlichst, Pereira, mußt du sie mir zeigen, das verlange ich. Ich hatte Ihnen aber gesagt, daß es sich um eine patriotische Erzählung handelt, beharrte Pereira, und Sie haben mich darin bestärkt und mir versichert, daß wir in diesem Augenblick Patriotismus bräuchten. Der Herausgeber zündete sich eine Zigarette an und kratzte sich am Kopf. Portugiesischen Patriotismus, sagte er, ich weiß nicht, ob du mir folgen kannst, Pereira, portugiesischen Patriotismus, du veröffentlichst nur französische Erzählungen, und die Franzosen sind uns nicht sympathisch, ich weiß nicht, ob du mir folgen kannst, aber hör mir zu, unsere Leser brauchen eine gute portugiesische Kulturseite, in Portugal stehen Dutzende von Schriftstellern zur Auswahl, auch aus dem neunzehnten Jahrhundert, das nächstemal suchst du eine Erzählung von Eça de Queirós aus, der hatte eine Ahnung von Portugal, oder von Camilo Castelo Branco, der die Leidenschaft besungen und ein schönes, bewegtes Leben geführt hat, eine Menge Liebschaften hatte und im Gefängnis saß, die *Lisboa* ist keine ausländerfreundliche Zeitung, du mußt zu deinen Wurzeln zurückfinden, zu deiner Erde zurückfinden, wie der Kritiker Borrapotas sagen würde. Den kenne ich nicht, antwortete Pereira. Er ist ein nationalistischer Kritiker, erklärte der Herausgeber, er schreibt in einem Konkurrenzblatt, er behauptet, daß die portugiesischen Schriftsteller zu ihrer Erde zurückfinden müssen. Ich habe meine Erde nie verlassen, sagte Pereira, ich stecke in der Erde wie ein Keil. Schon gut, räumte der Herausgeber ein, aber immer, bevor du eine Initiative ergreifst, mußt du dich mit mir beraten, ich weiß nicht, ob du verstanden hast. Ich habe sehr wohl verstanden, sagte Pereira und knöpfte sich den obersten Jackenknopf zu. Gut, sagte der Herausgeber abschließend, ich glaube, unser Gespräch ist beendet, ich hätte gern, daß zwischen uns ein gutes Einvernehmen besteht. Gewiß, sagte Pereira und verabschiedete sich.

Als er hinaustrat, wehte ein heftiger Wind, so daß sich die Wipfel der Bäume bogen. Pereira machte sich zu Fuß auf den Weg, dann blieb er stehen, um zu sehen, ob ein Taxi vorbeifuhr. Fast wäre er zum Abendessen ins Café Orquídea gegangen, dann überlegte er es sich anders und kam zu dem Schluß, daß es besser sei, bei sich zu Hause einen Milchkaffee zu trinken. Aber leider fuhren keine Taxis vorbei, und er mußte eine gute halbe Stunde warten, erklärt er.

22

Am Tag darauf, erklärt Pereira, sei er zu Hause geblieben. Er stand spät auf, frühstückte und legte den Roman von Bernanos beiseite, denn in der *Lisboa* würde er ohnehin nicht erscheinen. Er stöberte in seiner Bibliothek und fand die gesammelten Werke von Camilo Castelo Branco. Er wählte eine x-beliebige Novelle aus und begann die erste Seite zu lesen. Er fand sie bedrückend, sie hatte nicht die Leichtigkeit und die Ironie der Franzosen, es war eine düstere, wehmütige Geschichte, voller Probleme und unheilschwanger. Pereira wurde ihrer bald überdrüssig. Er hätte gern mit dem Bild seiner Frau gesprochen, verschob die Konversation jedoch auf später. Also machte er sich eine Omelette ohne Kräuter, aß sie ganz auf und legte sich nieder, schlief sofort ein und träumte etwas Schönes. Dann stand er auf und setzte sich in einen Sessel, um aus dem Fenster zu schauen. Von den Fenstern seiner Wohnung aus sah man die Palmen vor der gegenüberliegenden Kaserne, und hin und wieder hörte man einen Trompetenstoß. Pereira wußte nicht, was die Trompetenstöße bedeuteten, denn er war nicht beim Militär gewesen, und für ihn waren es sinnlose Botschaften. Er begann die Palmwedel zu fixieren, die sich im Wind bewegten, und dachte an seine Kindheit. So verbrachte er einen Großteil des Nachmittags in Gedanken an seine Kindheit, aber darüber will Pereira nicht sprechen, denn es hat nichts mit dieser Geschichte zu tun, erklärt er.

Gegen vier Uhr nachmittags läutete es. Pereira wachte aus seinem Halbschlaf auf, rührte sich jedoch nicht. Er fand es merkwürdig, daß jemand klingelte, er dachte, vielleicht sei es Piedade, die aus Setúbal zurückkam, vielleicht war ihre Schwester früher operiert worden als vorgesehen. Es klingelte aufs neue, eindringlich, zweimal, ein zweifaches anhaltendes Klingeln. Pereira stand auf und drückte auf den Knopf, mit dem die Haustür geöffnet wurde. Er blieb im Treppenhaus stehen, hörte, wie die Haustür ganz leise geschlossen wurde und wie Schritte eilig heraufkamen. Als die Person, die hereingekommen war, den Treppenabsatz erreicht hatte, war Pereira nicht imstande, sie zu erkennen, denn im Treppenhaus war es finster, und er sah nicht mehr so gut.

Hallo, Doktor Pereira, sagte eine Stimme, die Pereira erkannte, ich bin's, darf ich eintreten? Es war Monteiro Rossi, Pereira ließ ihn herein und schloß sofort die Tür. Monteiro Rossi blieb im Vorzimmer stehen, er hatte eine kleine Tasche in der Hand und trug ein kurzärmeliges Hemd. Verzeihen Sie, Doktor Pereira, sagte Monteiro Rossi, ich erkläre Ihnen gleich alles, ist jemand im Haus? Die Portiersfrau ist in Setúbal, sagte Pereira, die Mieter im Stockwerk über mir sind ausgezogen, sie sind nach Oporto übersiedelt. Glauben Sie, daß mich jemand gesehen hat? fragte Monteiro Rossi atemlos. Er schwitzte und stotterte ein wenig. Ich glaube nicht, sagte Pereira, aber was machen Sie hier, woher kommen Sie? Ich erkläre Ihnen gleich alles, Doktor Pereira, sagte Monteiro Rossi, aber im Augenblick habe ich das Bedürfnis, mich zu duschen und ein frisches

Hemd anzuziehen, ich bin erschöpft. Pereira führte ihn ins Bad und gab ihm ein frisches Hemd, sein khakifarbenes Hemd. Es wird Ihnen etwas zu groß sein, sagte er, aber was soll's. Während Monteiro Rossi badete, begab sich Pereira ins Vorzimmer und stellte sich vor das Bild seiner Frau. Er hätte ihr gerne etwas erzählt, erklärt er, daß ihm Monteiro Rossi ins Haus geschneit war, zum Beispiel, und noch mehr. Aber er sagte nichts, verschob das Gespräch auf später und ging ins Wohnzimmer zurück. Monteiro Rossi kam, eingehüllt in Pereiras riesengroßes Hemd. Danke, Doktor Pereira, sagte er, ich bin erschöpft, ich würde Ihnen gerne vieles erzählen, aber ich bin wirklich erschöpft, vielleicht sollte ich ein kleines Schläfchen machen. Pereira führte ihn ins Schlafzimmer und breitete eine Baumwolldecke über die Laken. Legen Sie sich hierhin, sagte er zu ihm, und ziehen Sie die Schuhe aus, legen Sie sich nicht mit Schuhen nieder, sonst erholt sich der Körper nicht, und seien Sie unbesorgt, ich wecke Sie später auf. Monteiro Rossi legte sich hin, und Pereira schloß die Tür und ging ins Wohnzimmer zurück. Er legte die Novelle von Camilo Castelo Branco weg, nahm aufs neue Bernanos und begann den Rest des Kapitels zu übersetzen. Egal, dachte er, wenn er es nicht in der *Lisboa* veröffentlichen konnte, konnte er es vielleicht in Buchform veröffentlichen, dann hätten die Portugiesen wenigstens ein gutes Buch zu lesen, ein ernsthaftes, moralisches Buch, das grundlegende Probleme behandelte, ein Buch, das dem Gewissen der Leser guttun würde, dachte Pereira.

Um acht schlief Monteiro Rossi noch immer.

Pereira begab sich in die Küche, schlug vier Eier auf, fügte einen Löffel Dijoner Senf und eine Prise Oregano und Majoran hinzu. Er wollte eine gut Kräuteromelette zubereiten, und vielleicht hatte Monteiro Rossi einen Mordshunger, dachte er. Im Wohnzimmer deckte er den Tisch für zwei, breitete ein weißes Tischtuch aus, stellte die Teller aus Caldas da Rainha darauf, die ihm Silva zur Hochzeit geschenkt hatte, und steckte zwei Kerzen auf zwei Kerzenhalter. Dann ging er Monteiro Rossi wecken, betrat jedoch ganz leise den Raum, denn im Grunde tat es ihm leid, daß er ihn wecken mußte. Der Junge lag rücklings auf dem Bett und schlief, und ein Arm hing über die Bettkante. Pereira rief ihn beim Namen, aber Monteiro Rossi wachte nicht auf. Da rüttelte ihn Pereira am Arm und sagte zu ihm: Monteiro Rossi, es ist Zeit zum Abendessen, wenn Sie weiterschlafen, werden Sie heute nacht nicht schlafen, es wäre besser, wenn Sie kämen und eine Kleinigkeit äßen. Monteiro Rossi sprang aus dem Bett, mit einer Miene, als wäre er zu Tode erschrocken. Seien Sie unbesorgt, sagte Pereira, ich bin Doktor Pereira, hier sind Sie in Sicherheit. Sie gingen ins Wohnzimmer, und Pereira zündete die Kerzen an. Während er die Omelette briet, bot er Monteiro Rossi eine Dose Pastete an, die in der Speisekammer übriggeblieben war, und von der Küche aus fragte er: Was ist Ihnen zugestoßen, Monteiro Rossi? Danke, antwortete Monteiro Rossi, danke für die Gastfreundschaft, Doktor Pereira, und danke auch für das Geld, das Sie mir geschickt haben, Marta hat es mir zukommen lassen. Pereira servierte die Omelette und band sich die Serviette um. Also, Monteiro Rossi, fragte er, was ist Ihnen zugestoßen? Monteiro Rossi stürzte sich auf das Essen, als ob er seit einer Woche nichts gegessen hätte. Langsam, sonst ersticken Sie noch, sagte Pereira, essen Sie in aller Ruhe, danach gibt es auch noch Käse, und erzählen Sie mir. Monteiro Rossi schluckte den Bissen hinunter und sagte: Mein Cousin ist verhaftet worden. Wo? fragte Pereira, in der Pension, die ich ihm besorgt hatte? Aber nein, antwortete Monteiro Rossi, er ist im Alentejo verhaftet worden, als er versuchte, Leute aus dem Alentejo zu rekrutieren, ich bin wie durch ein Wunder entkommen. Und jetzt? fragte Pereira. Jetzt bin ich auf der Flucht, Doktor Pereira, antwortete Monteiro Rossi, ich glaube, man sucht mich in ganz Portugal, gestern abend habe ich einen Autobus genommen, mit dem ich bis nach Barreiro gefahren bin, dann habe ich eine Fähre genommen, vom Cais de Sodré bis hierher bin ich zu Fuß gegangen, weil ich kein Geld für die Fahrkarte hatte. Weiß jemand, daß Sie hier sind? fragte Pereira. Niemand, antwortete Monteiro Rossi, nicht einmal Marta, ganz im Gegenteil, ich würde gerne mit ihr sprechen, wenigstens Marta möchte ich sagen, daß ich in Sicherheit bin, denn Sie schikken mich doch nicht weg, oder, Doktor Pereira? Sie können hierbleiben, so lange Sie wollen, antwortete Pereira, zumindest bis Mitte September, bis Piedade zurückkommt, die Portiersfrau des Gebäudes, die auch meine Zugehfrau ist, Piedade ist eine vertrauenswürdige Person, aber sie ist eine Portiersfrau, und die Portiersfrauen unterhalten sich miteinander, Ihre Anwesenheit würde nicht unbemerkt bleiben.

Nun, sagte Monteiro Rossi, bis zum fünfzehnten September werde ich mir eine andere Bleibe suchen, vielleicht sollte ich jetzt mit Marta sprechen. Hören Sie zu, Monteiro Rossi, sagte Pereira, vergessen Sie fürs erste Marta, sprechen Sie mit niemandem, solange Sie bei mir zu Hause sind, seien Sie ruhig, und erholen Sie sich. Und was machen Sie, Doktor Pereira, fragte Monteiro Rossi, beschäftigen Sie sich noch immer mit Nachrufen und Jahrestagen? Zum Teil, antwortete Pereira, aber die Artikel, die Sie für mich geschrieben haben, sind alle nicht zur Veröffentlichung geeignet, ich habe sie in der Redaktion in eine Mappe gelegt, ich weiß nicht, warum ich sie nicht wegwerfe. Es ist Zeit, daß ich Ihnen etwas gestehe, sagte Monteiro Rossi, entschuldigen Sie, wenn ich es Ihnen erst jetzt sage, aber diese Artikel sind nicht zur Gänze auf meinem Mist gewachsen. Was soll das heißen? fragte Pereira. Nun, Doktor Pereira, die Wahrheit ist, daß Marta mir dabei geholfen hat, zum Teil hat sie sie geschrieben, die grundlegenden Ideen stammen von ihr. Das halte ich für sehr unkorrekt, erwiderte Pereira. Ach, antwortete Monteiro Rossi, ich weiß nicht, wie unkorrekt es wirklich ist, aber wissen Sie, Doktor Pereira, was die spanischen Nationalisten schreien, sie schreien »Viva la muerte«, und ich kann nicht über den Tod schreiben, ich mag das Leben, Doktor Pereira, und allein wäre ich nicht imstande, Nachrufe zu schreiben, vom Tod zu sprechen, ich bin wirklich nicht imstande, davon zu sprechen. Im Grunde verstehe ich Sie, habe er gesagt, erklärt Pereira, auch ich habe genug davon.

Inzwischen war es Nacht geworden, und die Kerzen verbreiteten ein sanftes Licht. Ich weiß nicht, warum ich all das für Sie tue, Monteiro Rossi, sagte Pereira. Vielleicht weil Sie ein anständiger Mensch sind, antwortete Monteiro Rossi. Das ist zu einfach, erwiderte Pereira, die Welt ist voller anständiger Menschen, die sich nicht freiwillig in Schwierigkeiten begeben. Dann weiß ich es nicht, sagte Monteiro Rossi, dann weiß ich es wirklich nicht. Das Problem ist, daß nicht einmal ich es weiß, sagte Pereira, bis vor einigen Tagen habe ich mir viele Fragen gestellt, aber vielleicht ist es besser, wenn ich damit aufhöre. Er servierte die eingelegten Kirschen, und Monteiro Rossi nahm sich ein ganzes Glas davon. Pereira nahm nur eine Kirsche mit ein wenig Saft, weil er Angst hatte, den Erfolg seiner Diät zunichte zu machen.

Erzählen Sie mir, wie es gelaufen ist, sagte Pereira, was haben Sie bis jetzt im Alentejo gemacht? Wir haben das ganze Gebiet abgegrast, antwortete Monteiro Rossi, und an sicheren Orten haltgemacht, an Orten, wo es am meisten gärt. Entschuldigen Sie, unterbrach ihn Pereira, aber Ihr Cousin scheint mir nicht die geeignete Person zu sein, ich habe ihn nur ein einziges Mal gesehen, aber er kam mir ein wenig hilflos vor, um nicht zu sagen, ein wenig dumm, und außerdem spricht er nicht einmal Portugiesisch. Ja, sagte Monteiro Rossi, aber im bürgerlichen Leben ist er Drucker, er kann mit Dokumenten umgehen, niemand fälscht einen Paß so gut wie er. Dann hätte er seinen eigenen besser fälschen sollen, sagte Pereira, er hatte einen argentinischen Paß, und man sah aus einer Meile Entfernung, daß er gefälscht war. Den hat er nicht selbst gemacht, erwiderte Monteiro Rossi, er hat ihn in Spanien bekommen. Und weiter? fragte Pereira. Nun, antwortete Monteiro Rossi, in Portalegre haben wir eine zuverlässige Druckerei gefunden, und mein Cousin hat sich an die Arbeit gemacht, wir haben Meisterwerke fabriziert, mein Cousin hat eine schöne Anzahl von Pässen gemacht, einen Großteil haben wir verteilt, die anderen sind mir geblieben, weil wir nicht rechtzeitig fertig wurden. Monteiro Rossi nahm die Tasche, die er auf dem Sessel hatte liegenlassen, und griff hinein. Das da ist mir geblieben, sagte er. Er legte einen Packen Pässe auf den Tisch, es mußten so an die zwanzig sein. Sie sind verrückt, mein lieber Monteiro Rossi, sagte Pereira, Sie laufen mit diesem Zeug in der Tasche herum, als ob es Bonbons wären, wenn man Sie mit diesen Dokumenten findet, nimmt es ein schlimmes Ende mit Ihnen.

Pereira nahm die Pässe und sagte: Die da verstecke ich. Zuerst wollte er sie in eine Schublade legen, aber das erschien ihm als ein nicht sehr sicherer Ort. Also ging er ins Vorzimmer und legte sie flach ins Bücherregal, genau hinter das Bild seiner Frau. Entschuldige, sagte er zum Bild, aber hier wird niemand nachschauen, es ist der sicherste Platz in der ganzen Wohnung. Dann ging er ins Wohnzimmer zurück und sagte: Es ist spät geworden, vielleicht sollten wir ins Bett gehen. Ich muß mit Marta sprechen, sagte Monteiro Rossi, sie macht sich Sorgen, sie weiß nicht, was mir zugestoßen ist, vielleicht glaubt sie, daß man auch mich verhaftet hat. Hören Sie zu, Monteiro Rossi, sagte Pereira, ich rufe Marta morgen an, aber von einem öffentlichen Telefon aus, es ist besser, wenn Sie heute abend hierbleiben und ins Bett gehen, schreiben Sie mir die Telefonnummer auf diesen Zettel. Ich gebe Ihnen zwei Nummern, sagte Monteiro Rossi, wenn sie sich unter der einen nicht meldet, meldet sie sich sicher unter der anderen, und wenn sie sich nicht persönlich meldet, verlangen Sie Lise Delaunay, so nennt sie sich jetzt. Ich weiß, gab Pereira zu, ich habe sie dieser Tage getroffen, das Mädchen ist dünn geworden wie ein Straßenköter, sie ist nicht wiederzuerkennen, dieses Leben tut ihr nicht gut, Monteiro Rossi, sie ruiniert sich die Gesundheit, und dann gute Nacht.

Pereira löschte die Kerzen und fragte sich, warum er sich auf diese Geschichte eingelassen hatte, warum er Monteiro Rossi aufgenommen hatte, warum er Marta anrief und verschlüsselte Botschaften hinterließ, warum er sich in Dinge einmischte, die ihn nichts angingen. Vielleicht weil Marta so dünn geworden war, daß man von ihren Schultern nur noch zwei Schulterblätter sah, die so spitz waren wie zwei Hühnerflügel? Vielleicht weil Monteiro Rossi keinen Vater und keine Mutter hatte, die ihm Unterschlupf gewähren konnten? Vielleicht weil er in Parede gewesen war und ihm Doktor Cardoso seine Theorie vom Bündnis der Seelen dargelegt hatte? Pereira wußte es nicht und wäre auch heute nicht imstande, eine Antwort darauf zu geben. Er ging lieber zu Bett, denn am nächsten Tag wollte er bald aufstehen und den Tag gut organisieren, aber bevor er sich niederlegte, begab er sich einen Augenblick ins Vorzimmer, um einen

Blick auf das Bild seiner Frau zu werfen. Und Pereira erklärt, er habe nicht mit ihm gesprochen, sondern ihm nur herzlich zugewinkt.

23

Pereira erklärt, daß er an diesem Morgen Ende August um acht Uhr aufgewacht sei. In der Nacht war er mehrmals wach geworden und hatte gehört, wie der Regen auf die Palmen vor der Kaserne gegenüber prasselte. Er erinnert sich nicht, geträumt zu haben, er war mehrmals wach geworden und wieder eingeschlafen, und zwischendurch hatte er zwar geträumt, aber er erinnert sich nicht, wovon. Monteiro Rossi schlief auf dem Sofa im Wohnzimmer, er steckte in einem Pyjama, der ihm praktisch als Laken diente, so groß war er. Er schlief zusammengerollt, als ob ihm kalt wäre, und Pereira deckte ihn sanft mit einem Plaid zu, um ihn nicht zu wecken. Er ging vorsichtig durch die Wohnung, um keinen Lärm zu machen, kochte sich einen Kaffee und ging im Laden an der Ecke einkaufen. Er kaufte vier Dosen Sardinen, ein Dutzend Eier, Tomaten, eine Melone, Brot, acht bereits fertige Stockfischklöße, die man nur aufwärmen mußte. Dann sah er einen kleinen, mit Paprika bestreuten Räucherschinken, der an einem Haken hing, und kaufte ihn. Sie haben beschlossen, Ihre Vorratskammer aufzufüllen, Doktor Pereira, stellte der Ladenbesitzer fest. Nun ja, antwortete Pereira, meine Zugehfrau kommt nicht vor Mitte September, sie ist bei ihrer Schwester in Setúbal, und ich muß schauen, wie ich zurechtkomme, ich kann nicht jeden Morgen einkaufen gehen. Wenn Sie eine tüchtige Person brauchen, die Ihnen im Haushalt hilft, könnte ich Ihnen jemand nennen, sagte der Ladenbesitzer, sie wohnt ein wenig weiter oben in Richtung Graça, sie hat ein kleines Kind, und ihr Mann hat sie verlassen, es ist eine vertrauenswürdige Person. Nein danke, antwortete Pereira, danke, Herr Francisco, aber lieber nicht, ich weiß nicht, wie es Piedade aufnehmen würde, Zugehfrauen sind sehr eifersüchtig, und sie könnte sich übergangen fühlen, unter Umständen im Winter, das wäre vielleicht eine Idee, aber jetzt warte ich lieber, bis Piedade zurückkommt.

Pereira ging nach Hause zurück und legte die Einkäufe in den Kühlschrank. Monteiro Rossi schlief. Pereira hinterließ ihm einen Zettel. »Es gibt Eier mit Schinken oder Stockfischklöße zum Aufwärmen, Sie können sie in der Pfanne aufwärmen, aber mit wenig Öl, sonst zerfallen sie, lassen Sie es sich gut schmekken, und seien Sie unbesorgt, ich komme am späten Nachmittag zurück, ich werde mit Marta sprechen, auf bald, Pereira.«

Er verließ das Haus und begab sich in die Redaktion. Als er ankam, traf er Celeste in ihrem Kämmerchen an, die in einem Kalender blätterte. Guten Tag, Celeste, sagte Pereira, was gibt es Neues? Keine Anrufe und keine Post, antwortete Celeste. Pereira fühlte sich erleichtert, es war besser, wenn niemand nach ihm gefragt hatte. Er ging in die Redaktion hinauf und steckte das Telefon aus, dann nahm er die Erzählung von Camilo Castelo Branco und bereitete sie für die Druckerei vor. Gegen zehn rief er in der Zeitung an, und es antwortete ihm die sanfte Stimme Fräulein Filipas. Hier spricht Doktor Pereira, sagte Pereira, ich würde gern mit dem Herrn Direktor sprechen. Filipa stellte das Gespräch durch, und die Stimme des Herausgebers sagte: Hallo. Hier spricht Doktor Pereira, sagte Pereira, ich wollte mich nur melden, Herr Direktor. Da tun Sie gut daran, sagte der Herausgeber, denn gestern habe ich Sie gesucht, aber Sie waren nicht in der Redaktion. Gestern habe ich mich nicht wohl gefühlt, log Pereira, ich bin zu Hause geblieben, weil ich Probleme mit dem Herzen hatte. Ich verstehe, Doktor Pereira, sagte der Herausgeber, aber ich würde gerne wissen, was Sie für die nächsten Kulturseiten vorhaben. Ich veröffentliche eine Erzählung von Camilo Castelo Branco, antwortete Pereira, wie Sie mir geraten haben, Herr Direktor, ich glaube, ein portugiesischer Autor des neunzehnten Jahrhunderts eignet sich gut, was meinen Sie? Ausgezeichnet, antwortete der Herausgeber, aber es wäre mir auch recht, wenn Sie die Jahrestage-Rubrik fortführten. Ich hatte vor, über Rilke zu schreiben, antwortete Pereira, aber dann habe ich doch nicht über ihn geschrieben, ich wollte Ihre Zustimmung einholen. Rilke, sagte der Herausgeber, der Name sagt mir etwas. Rainer Maria Rilke, erklärte Pereira, wurde in der Tschechoslowakei geboren, aber eigentlich ist er ein österreichischer Autor, er hat auf deutsch geschrieben, er starb sechsundzwanzig. Hören Sie, Pereira, sagte der Herausgeber, wie ich Ihnen bereits sagte, ist die *Lisboa* auf dem besten Weg, ein ausländerfreundliches Blatt zu werden, warum schreiben Sie nicht über den Todestag eines heimischen Dichters, warum schreiben Sie nicht über unseren großen Camões? Camões, antwortete Pereiara, aber Camões ist fünfzehnhundertachtzig gestorben, das ist fast vierhundert Jahre her. Ja, sagte der Herausgeber, aber er ist unser großer Nationaldichter, er ist noch immer höchst aktuell, und außerdem wissen Sie, was António Ferro, der Chef des Secretariado Nacional de Propaganda getan hat, er hatte die brillante Idee, das Jubiläum von Camões auf den Tag der Rasse zu verlegen, an diesem Tag feiern wir den großen epischen Dichter und die portugiesische Rasse, und Sie könnten anläßlich des Jubiläums etwas schreiben. Aber der Todestag von Camões ist der zehnte Juni, erwiderte Pereira, Herr Direktor, was für einen Sinn hat es, Camões' Todestag Ende August zu feiern? Schließlich hatten wir am zehnten Juni noch keine Kulturseite, erklärte der Herausgeber, und das können Sie im Artikel erklären, und außerdem kann man Camões, unseren großen Nationaldichter, immer feiern und einen Hinweis auf den Tag der Rasse machen, es genügt ein Hinweis, damit unsere Leser es merken. Entschuldigen Sie, Herr Direktor, antwortete Pereira zerknirscht, aber hören Sie, ich möchte Ihnen etwas sagen, wir waren ursprünglich Lusitanier, dann kamen die Römer und die Kelten, dann kamen die Araber, was für eine Rasse sollen wir Portugiesen feiern? Die portugiesische Rasse, antwortete der Herausgeber, entschuldigen Sie, Pereira, Ihr Einwand leuchtet mir nicht ein, wir sind Portugiesen, wir haben die Welt entdeckt, wir haben die größten Seefahrten um den Erdball unternommen, und als wir das taten, im sechzehnten Jahrhundert, waren wir bereits Portugiesen, das sind wir, und das sollten Sie feiern, Pereira. Dann machte der Herausgeber eine

Pause und fuhr fort: Pereira, das letztemal habe ich dich geduzt, ich weiß nicht, warum ich dich jetzt wieder sieze. Wie es Ihnen beliebt, Herr Direktor, antwortete Pereira, vielleicht liegt es am Telefon. Das wird es sein, sagte der Herausgeber, jedenfalls hör mir gut zu, Pereira, ich möchte, daß die *Lisboa* auch auf der Kulturseite eine sehr portugiesische Zeitung ist, und wenn du keine Lust hast, den Tag der Rasse zu erwähnen, erwähne zumindest Camões, das ist immerhin etwas.

Pereira verabschiedete sich vom Herausgeber und legte auf. António Ferro, dachte er, dieser schreckliche António Ferro, um so schlimmer, daß es sich um einen intelligenten und schlauen Mann handelte, und wenn man sich vorstellt, daß er mit Fernando Pessoa befreundet war, nun ja, dachte er abschließend, auch dieser Pessoa hatte so gewisse Freunde. Er versuchte etwas anläßlich des Todestages von Camões zu schreiben, und er blieb bis halb eins. Dann warf er alles in den Papierkorb. Zum Teufel auch mit Camões, dachte er, dieser große Dichter, der das Heldentum der Portugiesen besungen hat, was heißt schon Heldentum, sagte sich Pereira. Er schlüpfte in das Jackett und verließ das Haus, um sich ins Café Orquídea zu begeben. Er betrat das Lokal und setzte sich an den gewohnten Tisch. Manuel kam diensteifrig, und Pereira bestellte Fischsalat. Er aß ruhig, sehr ruhig, und dann ging er zum Telefon. In der Hand hielt er das Kärtchen mit den Nummern, das ihm Monteiro Rossi gegeben hatte. Bei der ersten Nummer klingelte es lange, aber niemand hob ab. Pereira wählte noch einmal, für den Fall, daß er sich verwählt hatte. Es klingelte lange, aber niemand hob ab. Also wählte er die andere Nummer. Eine weibliche Stimme antwortete. Hallo, sagte Pereira, ich würde gerne mit Fräulein Delaunay sprechen. Die kenne ich nicht, antwortete die weibliche Stimme argwöhnisch. Guten Tag, wiederholte Pereira, ich suche Fräulein Delaunay. Entschuldigung, aber wer sind Sie? fragte die weibliche Stimme. Hören Sie zu, gnädige Frau, sagte Pereira, ich habe eine dringende Nachricht für Lise Delaunay, geben Sie sie mir bitte. Hier gibt es keine Lise, sagte die weibliche Stimme, ich habe den Eindruck, daß Sie sich irren, wer hat Ihnen diese Nummer gegeben? Es ist unwichtig, wer sie mir gegeben hat, erwiderte Pereira, aber wenn ich nicht mit Lise sprechen kann, geben Sie mir wenigstens Marta. Marta, wunderte sich die weibliche Stimme. Welche Marta, es gibt eine Menge Martas auf dieser Welt. Pereira fiel ein, daß er Martas Nachnamen nicht kannte, und so sagte er einfach: Marta ist ein dünnes Mädchen mit blonden Haaren, die sich auch Lise Delaunay nennt, ich bin ein Freund von ihr und habe eine wichtige Nachricht für sie. Bedaure, sagte die weibliche Stimme, aber hier gibt es keine Marta und keine Lise, guten Tag. Das Telefon machte klick, und Pereira stand mit dem Hörer in der Hand da. Er legte auf und setzte sich an seinen Tisch. Was darf ich Ihnen bringen? fragte Manuel, der diensteifrig herbeigeeilt kam. Pereira bestellte eine Limonade mit Zucker, dann fragte er: Gibt es interessante Neuigkeiten? Ich erfahre sie heute abend um acht, sagte Manuel, ich habe einen Freund, der BBC empfängt, wenn Sie wollen, erzähle ich Ihnen morgen alles.

Pereira trank seine Limonade und bezahlte. Er ging hinaus und machte sich auf den Weg in die Redaktion. Er traf Celeste in ihrem Kämmerchen an, die noch immer im Kalender blätterte. Neuigkeiten? fragte Pereira. Jemand hat für Sie angerufen, sagte Celeste, es war eine Frau, aber sie wollte nicht sagen, warum sie anrief. Hat sie einen Namen hinterlassen? fragte Pereira. Es war ein ausländischer Name, antwortete Celeste, aber ich erinnere mich nicht an ihn. Warum haben Sie ihn nicht aufgeschrieben? warf ihr Pereira vor. Sie müssen die Telefonistin spielen und sich Notizen machen. Ich schreibe schon schlecht Portugiesisch, antwortete Celeste, was glauben Sie, wie es mir da mit ausländischen Namen geht, es war ein komplizierter Name. Pereira spürte einen Stich ins Herz und fragte: Und was hat Ihnen diese Person gesagt, was hat sie Ihnen gesagt, Celeste? Sie hat gesagt, sie hat eine Nachricht für Sie und sie sucht Herrn Rossi, was für ein seltsamer Name, ich habe geantwortet, daß es hier keinen Rossi gibt, daß hier die Kulturredaktion der *Lisboa* ist, also habe ich bei der Zeitung angerufen, weil ich dachte, Sie dort anzutreffen, ich wollte Sie benachrichtigen, aber Sie waren nicht da, und ich habe die Nachricht hinterlassen, daß Sie von einer ausländischen Dame gesucht würden, von einer gewissen Lise, jetzt fällt es mir ein. Und haben Sie bei der Zeitung gesagt, daß sie Herrn Rossi suchte? fragte Pereira. Nein, Doktor Pereira, antwortete Celeste mit verschlagener Miene, das habe ich nicht gesagt, ich hielt es für überflüssig, ich habe nur gesagt, daß Sie von einer gewissen Lise gesucht würden, regen Sie sich nicht auf, Doktor Pereira, wenn Sie wer sucht, wird er Sie finden. Pereira sah auf die Uhr. Es war vier Uhr nachmittags, er verzichtete darauf, hinaufzugehen, und verabschiedete sich von Celeste. Hören Sie zu, Celeste, sagte er, ich gehe nach Hause, weil ich mich nicht wohl fühle, wenn jemand für mich anruft, sagen Sie, man solle mich zu Hause anrufen, vielleicht komme ich morgen nicht in die Redaktion, nehmen Sie die Post für mich entgegen.

Es war fast sieben, als er am Terreiro do Paço ankam. Er verweilte lange auf einer Bank und sah zu, wie die Fährschiffe zum anderen Ufer des Tejo hinüberfuhren. Es war ein schöner Spätnachmittag, und Pereira wollte ihn genießen. Er zündete sich eine Zigarre an und sog den Rauch in gierigen Zügen ein. Von der Bank aus, auf der er saß, konnte man den Fluß sehen, und neben ihm nahm ein Landstreicher mit einer Ziehharmonika Platz, der ihm alte Lieder aus Coimbra vorspielte.

Als Pereira seine Wohnung betrat, sah er Monteiro Rossi nicht sofort, und das habe ihn beunruhigt, erklärt er. Aber Monteiro Rossi war im Badezimmer und machte Toilette. Ich rasiere mich gerade, Doktor Pereira, rief Monteiro Rossi, in fünf Minuten bin ich bei Ihnen. Pereira zog sein Jackett aus und deckte den Tisch. Er verwendete die Teller aus Caldas da Rainha, die vom Vorabend. Auf den Tisch stellte er zwei Kerzen, die er am Vormittag gekauft hatte. Dann begab er sich in die Küche und überlegte sich, was er zum Abendessen zubereiten sollte. Wer weiß, warum er auf die Idee kam, ein italienisches Gericht zu kochen, obwohl er die italienische Küche nicht kannte. Pereira erklärt, daß er beschloß, ein Gericht zu erfinden. Er schnitt eine dicke Scheibe Schinken ab und machte kleine Würfel daraus, dann nahm er zwei Eier und schlug sie auf, gab geriebenen Käse dazu und mischte den Schinken darunter, würzte mit Oregano und Majoran, verrührte das Ganze gut und stellte einen Topf Wasser auf, um die Pasta zu kochen. Als das Wasser zu kochen begann, gab er die Spaghetti hinein, die seit einiger Zeit in seiner Vorratskammer lagen. Monteiro Rossi kam herein, frisch wie eine Rose, in Pereiras khakifarbenem Hemd, das ihn umhüllte wie ein Laken. Ich habe beschlossen, etwas Italienisches zu kochen, sagte Pereira, ich weiß nicht, ob es wirklich italienisch ist, vielleicht ist es ein Phantasiegericht, aber zumindest ist es Pasta. Wie köstlich, rief Monteiro Rossi aus, die habe ich seit einer Ewigkeit nicht mehr gegessen. Pereira zündete die Kerzen an und servierte die Spaghetti. Ich habe versucht, Marta anzurufen, sagte er, aber unter der ersten Nummer hebt niemand ab, und unter der zweiten meldet sich eine Dame, die sich absichtlich dumm stellt, ich habe sogar gesagt, daß ich mit Marta sprechen wolle, aber es war nichts zu machen, als ich in die Redaktion kam, sagte mir die Portiersfrau, daß jemand nach mir gefragt hatte, möglicherweise war es Marta, aber sie hat nach Ihnen gefragt, vielleicht war das unvorsichtig von ihr, jedenfalls könnte jetzt jemand wissen, daß ich Kontakt zu Ihnen habe, ich glaube, das wird uns Schwierigkeiten bereiten. Und was soll ich tun? fragte

Monteiro Rossi. Wenn Sie einen sichereren Unterschlupf haben, sollten Sie lieber dorthin gehen, ansonsten bleiben Sie hier, und wir warten ab, antwortete Pereira. Er servierte die eingemachten Kirschen und nahm eine ohne Saft. Monteiro Rossi füllte sich das Glas. In diesem Augenblick klopfte es an der Tür. Es wurde energisch geklopft, als ob jemand die Tür einschlagen wollte. Pereira fragte sich, wie sie durch die Haustür hatten gelangen können, und blieb ein paar Sekunden schweigend sitzen. Aufs neue wurde wütend geklopft. Wer ist da? fragte Pereira und stand auf. Was wollt ihr? Macht auf, Polizei, macht die Tür auf, oder wir schießen sie auf, antwortete eine Stimme. Monteiro Rossi zog sich eiligst in Richtung Schlafzimmer zurück, er hatte nur noch die Kraft zu sagen: Die Dokumente, Doktor Pereira, verstecken Sie die Dokumente. Sie sind bereits in Sicherheit, beruhigte ihn Pereira und ging ins Vorzimmer, um die Tür zu öffnen. Als er am Bild seiner Frau vorbeiging, warf er dem fernen Lächeln einen komplizenhaften Blick zu. Dann habe er die Tür geöffnet, erklärt er.

24

Pereira erklärt, daß es drei Männer in Zivil waren, die Pistolen trugen. Als erster kam ein kleiner Dünner mit Schnurrbart und einem kastanienbraunen Spitzbart herein. Geheimpolizei, sagte der kleine Dünne mit der Miene dessen, der die Befehle erteilt, wir müssen die Wohnung durchsuchen, wir suchen jemanden. Zeigen Sie mir Ihren Dienstausweis, setzte sich Pereira zur Wehr. Der kleine Dünne wandte sich an seine beiden Gefährten, zwei dunkelgekleidete Schlägertypen, und sagte: He, Burschen, habt ihr gehört, was sagt ihr dazu? Einer der beiden richtete die Pistole auf Pereiras Mund und flüsterte: Reicht dir das als Ausweis, Fettwanst? Kommt, Burschen, sagte der kleine Dünne, so dürft ihr mir Doktor Pereira nicht behandeln, er ist ein anständiger Journalist, er schreibt in einer höchst angesehenen Zeitung, die vielleicht etwas zu katholisch ist, das streite ich nicht ab, die aber auf der richtigen Seite steht. Und dann fuhr er fort: Hören Sie zu, Doktor Pereira, lassen Sie uns keine Zeit verlieren, wir sind nicht gekommen, um zu plaudern, und Zeit zu verlieren ist nicht unsere Stärke, und außerdem wissen wir, daß Sie nichts damit zu tun haben, Sie sind ein anständiger Mensch, Sie haben einfach nicht verstanden, mit wem Sie es zu tun hatten, Sie haben einem verdächtigen Individuum Vertrauen geschenkt, ich will Sie nicht in Schwierigkeiten bringen, lassen Sie uns nur unsere Arbeit tun. Ich redigiere die Kulturseite der *Lisboa*, sagte Pereira, ich möchte mit jemandem sprechen, ich möchte mit dem Herausgeber telefonieren, weiß er, daß Sie bei mir zu Hause sind? Kommen Sie, Doktor Pereira, antwortete der kleine Dünne mit honigsüßer Stimme, glauben Sie, wir verständigen zuerst Ihren Herausgeber, wenn wir eine Polizeiaktion durchführen, was reden Sie da daher? Aber Sie sind nicht von der Polizei, wiederholte Pereira hartnäckig, Sie haben sich nicht ausgewiesen, Sie sind in Zivil, Sie haben keine Genehmigung, in meine Wohnung einzudringen. Der kleine Dünne wandte sich wieder mit einem leichten Grinsen an die beiden Schlägertypen und sagte: Der Hausherr ist starrköpfig, Jungs, wer weiß, was wir tun müssen, um ihn zu überzeugen. Der Mann, der die Pistole auf Pereira gerichtet hielt, gab ihm eine schallende Ohrfeige, und Pereira taumelte. Aber Fonseca, laß das sein, sagte der kleine Dünne, du darfst mir Doktor Pereira nicht schlecht behandeln, sonst erschreckst du ihn mir zu sehr, er ist trotz seiner Körperfülle ein fragiler Mensch, er interessiert sich für Kultur, er ist ein Intellektueller, Doktor Pereira muß im guten überzeugt werden, sonst macht er sich in die Hose. Der Rüpel, der Fonseca hieß, versetzte Pereira eine zweite Ohrfeige, und Pereira erklärt, er sei erneut getaumelt. Fonseca, sagte der kleine Dünne grinsend, du wirst allzu handgreiflich, ich muß auf dich aufpassen, sonst ruinierst du mir die Arbeit. Dann wandte er sich an Pereira und sagte zu ihm: Doktor Pereira, wie ich Ihnen schon sagte, haben wir nichts gegen Sie, wir sind nur gekommen, um dem jungen Mann, der sich in Ihrer Wohnung aufhält, eine kleine Lektion zu erteilen, weil er die

Werte des Vaterlandes nicht kennt, sie sind ihm abhanden gekommen, dem Ärmsten, und wir sind hier, damit er sie wiederfindet. Pereira rieb sich die Backe und murmelte: Hier ist niemand. Der kleine Dünne blickte sich um und sagte: Hören Sie, Doktor Pereira, machen Sie es uns nicht unnötig schwer, wir müssen den jungen Mann, der Ihr Gast ist, nur ein paar Dinge fragen, wir werden ihn nur ein wenig verhören und dafür sorgen, daß er die patriotischen Werte wiederfindet, mehr wollen wir nicht, deshalb sind wir gekommen. Dann lassen Sie mich die Polizei anrufen, beharrte Pereira, damit sie kommt und ihn aufs Polizeipräsidium bringt, dort finden Verhöre statt, nicht in einer Wohnung. Ach kommen Sie, Doktor Pereira, sagte der kleine Dünne mit seinem kleinen Grinsen, Sie zeigen aber auch keinerlei Verständnis, Ihre Wohnung eignet sich perfekt für ein privates Verhör wie das unsere, Ihre Portiersfrau ist nicht da, Ihre Nachbarn sind nach Oporto gezogen, der Abend ist ruhig, und dieses Gebäude ist ideal, es ist verschwiegener als ein Polizeirevier.

Dann machte er dem Schläger, den er Fonseca genannt hatte, ein Zeichen, und der schubste Pereira ins Eßzimmer. Die Männer sahen sich um, sahen jedoch niemanden, nur den gedeckten Tisch und die Essensreste. Ein intimes kleines Abendessen, Doktor Pereira, sagte der kleine Dünne, ich sehe, ihr habt ein intimes kleines Abendessen mit Kerzen und allem Drum und Dran gefeiert, wie romantisch. Pereira gab keine Antwort. Hören Sie, Doktor Pereira, sagte der kleine Dünne mit honigsüßer Stimme, Sie sind Witwer und verkehren nicht mit Frauen, wie

Sie sehen, weiß ich alles über Sie, gefallen Ihnen vielleicht zufällig junge Burschen? Pereira strich sich erneut über die Backe und sagte: Sie sind ein niederträchtiger Mensch, und das Ganze hier ist niederträchtig. Ach kommen Sie, Doktor Pereira, fuhr der kleine Dünne fort, Mann ist Mann, das wissen doch auch Sie, und wenn ein Mann einen schönen blonden Jungen mit einem hübschen kleinen Arsch kennenlernt, ist die Sache verständlich. Und dann sagte er, mit hartem und entschiedenem Ton: Müssen wir Ihre Wohnung auf den Kopf stellen, oder können wir uns einigen? Er ist da drüben, antwortete Pereira, im Arbeitszimmer oder im Schlafzimmer. Der kleine Dünne gab den beiden Schlägern Befehle. Fonseca, sagte er, sei nicht allzu grob, ich will keine Schwierigkeiten, es reicht uns, wenn wir ihm eine kleine Lektion erteilen und in Erfahrung bringen, was wir erfahren wollen, und du, Lima, benimm dich, ich weiß, daß du den Schlagstock mitgenommen hast, du versteckst ihn unter dem Hemd, aber denk daran, keine Schläge auf den Kopf, sondern allenfalls auf die Schultern und in die Gegend der Lunge, die tun mehr weh und hinterlassen keine Spuren. In Ordnung, Kommandant, antworteten die beiden Schläger. Sie betraten das Arbeitszimmer und schlossen die Tür hinter sich. Gut, sagte der kleine Dünne, gut, Doktor Pereira, plaudern wir ein wenig, während meine beiden Assistenten ihre Arbeit verrichten. Ich will mit der Polizei telefonieren, wiederholte Pereira. Die Polizei, grinste der kleine Dünne, die Polizei bin ich, Doktor Pereira, oder zumindest vertrete ich sie, denn auch unsere Polizei schläft in der Nacht, wissen Sie, unsere Polizei beschützt uns den lieben langen Tag, aber am Abend geht sie schlafen, weil sie erschöpft ist, bei all den Verbrechern, die herumlaufen, bei all den Menschen, die so sind wie Ihr Gast, die den Sinn für das Vaterland verloren haben, aber sagen Sie mir, Doktor Pereira, warum haben Sie sich in diese üble Situation gebracht? Ich habe mich in gar keine üble Situation gebracht, antwortete Pereira, ich habe nur einen Praktikanten für die *Lisboa* aufgenommen. Gewiß, Doktor Pereira, gewiß, sagte der kleine Dünne, aber Sie hätten zuerst Informationen einholen sollen, Sie hätten die Polizei oder den Herausgeber Ihrer Zeitung um Rat fragen, die Personalien Ihres angeblichen Praktikanten weitergeben sollen, gestatten Sie, daß ich mir eine eingelegte Kirsche nehme?

Pereira erklärt, in diesem Augenblick habe er sich von seinem Stuhl erhoben. Er hatte sich niedergesetzt, weil ihm das Herz bis zum Hals klopfte, aber in diesem Augenblick stand er auf und sagte: Ich habe Schreie gehört, ich will nachsehen, was in meinem Schlafzimmer vor sich geht. Der kleine Dünne richtete die Pistole auf ihn. An Ihrer Stelle würde ich das nicht tun, Doktor Pereira, sagte er, meine Männer führen eine heikle Aufgabe durch, und für Sie wäre es unangenehm, dabei zuzusehen, Sie sind ein sensibler Mensch, Doktor Pereira, Sie sind ein Intellektueller, und außerdem sind Sie herzkrank, bestimmte Darbietungen tun Ihnen gewiß nicht gut. Ich will mit dem Herausgeber sprechen, wiederholte Pereira hartnäckig, lassen Sie mich mit dem Herausgeber sprechen. Der kleine Dünne grinste spöttisch. Der

Herausgeber schläft jetzt, erwiderte er, vielleicht schläft er in den Armen einer schönen Frau, wissen Sie, Ihr Chef ist ein richtiger Mann, Doktor Pereira, ein Mann mit Eiern, nicht einer wie Sie, der den Ärschen von blonden Jünglingen nachläuft. Pereira beugte sich nach vorn und gab ihm eine Ohrfeige. Der kleine Dünne schlug augenblicklich mit der Pistole zurück, und Pereira begann aus dem Mund zu bluten. Das hätten Sie nicht tun sollen, Doktor Pereira, sagte der Mann, man hat mir gesagt, ich solle Respekt vor Ihnen haben, aber alles hat eine Grenze, es ist nicht meine Schuld, wenn Sie ein Trottel sind, der Subversive zu sich nach Hause einlädt, ich könnte Ihnen das Maul mit einer Kugel stopfen, und ich würde es sogar gern tun, ich tue es nur deshalb nicht, weil man mir gesagt hat, ich solle Respekt vor Ihnen haben, aber nützen Sie das nicht aus, Doktor Pereira, nützen Sie das nicht aus, sonst könnte ich die Geduld verlieren.

Pereira erklärt, in diesem Augenblick habe er einen weiteren unterdrückten Schrei gehört und sich gegen die Tür des Arbeitszimmers geworfen. Aber der kleine Dünne stellte sich ihm entgegen und gab ihm einen Stoß. Der Stoß war gewaltiger als Pereiras Körpermasse, und Pereira zog sich zurück. Hören Sie, Doktor Pereira, sagte der kleine Dünne, zwingen Sie mich nicht, die Pistole zu benutzen, ich hätte große Lust, Ihnen in den Mund oder vielleicht ins Herz, Ihren Schwachpunkt, zu schießen, aber ich tue es nicht, weil wir hier keine Toten wollen, wir sind nur gekommen, um eine Lektion in Sachen Patriotismus zu erteilen, und auch Ihnen täte ein wenig Patriotismus gut, wo Sie in Ihrer Zeitung doch nur französische Schriftsteller veröffentlichen. Er habe sich wieder hingesetzt, erklärt Pereira, und gesagt: Die französischen Schriftsteller sind die einzigen, die in einem Augenblick wie diesem Mut haben. Lassen Sie sich sagen, daß die französischen Schriftsteller ein Stück Scheiße sind, sagte der kleine Dünne, sie gehörten alle an die Wand gestellt und dann angepinkelt. Sie sind ein vulgärer Mensch, sagte Pereira. Vulgär, aber patriotisch, antwortete der Mann, ich bin nicht wie Sie, Doktor Pereira, der unter den französischen Schriftstellern Komplizen sucht.

In diesem Augenblick öffneten die beiden Schläger die Tür. Sie wirkten nervös und sahen erschöpft aus. Der junge Mann wollte nicht reden, sagten sie, wir haben ihm eine Lektion erteilt, wir haben es auf die harte Tour probiert, vielleicht ist es besser, wenn wir abhauen. Habt ihr Mist gebaut? fragte der kleine Dünne. Ich weiß nicht, antwortete der, der sich Fonseca nannte, ich glaube, es ist besser, wir gehen. Und er stürzte zur Tür, gefolgt von seinem Kumpan. Hören Sie zu, Doktor Pereira, sagte der kleine Dünne, Sie haben uns nie bei sich zu Hause gesehen, spielen Sie nicht den Schlaumeier, vergessen Sie Ihre Freunde, denken Sie daran, daß dies ein Höflichkeitsbesuch war, denn das nächstemal könnten wir wegen Ihnen kommen. Er habe die Tür versperrt und sie die Treppe hinuntergehen hören, erklärt Pereira. Dann stürzte er ins Schlafzimmer und fand Monteiro Rossi auf dem Teppich liegend vor. Pereira gab ihm einen leichten Klaps ins Gesicht und sagte: Monteiro Rossi, Kopf hoch, es ist alles vorbei. Aber

Monteiro Rossi gab kein Lebenszeichen von sich. Da ging Pereira ins Bad, machte ein Handtuch naß und wischte ihm damit das Gesicht ab. Monteiro Rossi, wiederholte er, es ist alles vorüber, sie sind weg, wachen Sie auf. Erst jetzt bemerkte er, daß das Handtuch blutgetränkt war und daß die Haare von Monteiro Rossi voller Blut waren. Monteiro Rossi starrte aus weit offenen Augen zur Decke. Pereira versetzte ihm noch einen Klaps, aber Monteiro rührte sich nicht. Da fühlte Pereira seinen Puls, aber in Monteiro Rossis Adern floß kein Blut mehr. Pereira schloß ihm die weit aufgerissenen Augen und bedeckte sein Gesicht mit dem Handtuch. Dann zog er ihm die Beine lang, damit er nicht so verkrampft dalag, er zog ihm die Beine lang, wie es sich für einen Toten gehörte. Und er dachte, daß er sich beeilen mußte, sehr beeilen, inzwischen hatte er nicht mehr viel Zeit zu verlieren, erklärt Pereira.

25

Pereira erklärt, ihm sei eine verrückte Idee gekommen, doch vielleicht, habe er gedacht, könnte er sie in die Tat umsetzen. Er zog sein Jackett an und verließ das Haus. Vor der Kathedrale gab es ein Café, das bis spät geöffnet war und ein Telefon hatte. Pereira betrat es und blickte sich um. Im Café saß eine Gruppe von Nachtvögeln, die mit dem Wirt Karten spielten. Der Kellner war ein schläfriger Junge, der hinter dem Tresen herumtrödelte. Pereira bestellte eine Limonade, ging zum Telefon und wählte die Nummer der Klinik für Thalassotherapie in Parede. Er verlangte Doktor Cardoso. Doktor Cardoso ist bereits in sein Zimmer gegangen, wer spricht? fragte die Stimme der Telefonistin. Ich bin Doktor Pereira, sagte Pereira, ich muß unbedingt mit ihm sprechen. Ich gehe ihn holen, aber Sie müssen ein paar Minuten warten, sagte die Telefonistin, solange ich brauche, um hinunterzugehen. Pereira wartete geduldig, bis Doktor Cardoso kam. Guten Abend, Doktor Cardoso, sagte Pereira, ich möchte Ihnen etwas Wichtiges sagen, aber jetzt geht es nicht. Was ist los, Doktor Pereira, fragte Doktor Cardoso, fühlen Sie sich nicht wohl? Ich fühle mich tatsächlich nicht wohl, antwortete Pereira, aber das zählt nicht, es ist so, daß bei mir zu Hause etwas Furchtbares passiert ist, ich weiß nicht, ob mein Privattelefon abgehört wird, aber das ist unwichtig, im Augenblick kann ich Ihnen nicht mehr sagen, ich brauche Ihre Hilfe, Doktor Cardoso. Sagen Sie mir, wie ich Ihnen helfen kann, sagte Doktor Cardoso. Nun, Doktor Cardoso, sagte Pereira, morgen mittag rufe ich Sie an, Sie müssen mir einen Gefallen tun, Sie müssen so tun, als wären Sie ein hohes Tier der Zensurbehörde, Sie müssen sagen, daß mein Artikel genehmigt worden ist, das ist alles. Ich verstehe nicht, antwortete Doktor Cardoso. Hören Sie zu, Doktor Cardoso, sagte Pereira, ich telefoniere von einem Café aus und kann Ihnen keine Erklärungen geben, bei mir zu Hause ist etwas passiert, das so furchtbar ist, daß Sie es sich nicht einmal vorstellen können, aber Sie werden es aus der Abendausgabe der *Lisboa* erfahren, dort wird alles schwarz auf weiß stehen, aber Sie müssen mir einen großen Gefallen tun, Sie müssen behaupten, daß mein Artikel von Ihnen genehmigt worden ist, haben Sie verstanden, Sie müssen sagen, daß die portugiesische Polizei keine Angst vor Skandalen hat, daß sie saubere Hände hat und keine Angst vor Skandalen. Ich habe verstanden, sagte Doktor Cardoso, morgen mittag erwarte ich Ihren Anruf.

Pereira ging nach Hause zurück. Er ging ins Schlafzimmer und nahm das Handtuch vom Gesicht Monteiro Rossis. Er bedeckte es mit einem Laken. Dann ging er ins Arbeitszimmer und setzte sich an die Schreibmaschine. Als Titel schrieb er: Journalist ermordet. Dann machte er einen Absatz und begann zu schreiben: »Er hieß Francesco Monteiro Rossi und war italienischer Abstammung. Er war Mitarbeiter dieser Zeitung, für die er Artikel und Nachrufe verfaßte. Er schrieb über die großen Schriftsteller unserer Epoche wie Majakowski, Marinetti, D'Annunzio,

García Lorca. Seine Artikel sind noch nicht veröffentlicht, aber vielleicht werden sie eines Tages veröffentlicht werden. Er war ein fröhlicher junger Mann, der das Leben liebte und statt dessen aufgefordert wurde, über den Tod zu schreiben, eine Aufgabe, der er sich nicht entzog. Und heute nacht hat der Tod ihn ereilt. Gestern abend, als er mit dem Redakteur der Kulturseite der *Lisboa*, mit Doktor Pereira, dem Verfasser dieses Artikels, zu Abend aß, drangen drei bewaffnete Männer in dessen Wohnung ein. Sie gaben sich als Geheimpolizei aus, wiesen jedoch keinen Ausweis vor, der ihre Angaben bestätigt hätte. Der Verfasser dieses Artikels neigt zu der Annahme, daß es sich nicht um echte Polizisten handelte, weil sie in Zivil waren und weil er hofft, daß die Polizei dieses Landes nicht zu solchen Methoden greift. Es waren Verbrecher, die im Einverständnis mit irgend jemandem handelten, und es wäre angebracht, daß die Behörden diesen schändlichen Vorfall untersuchten. Sie wurden angeführt von einem kleinen dünnen Mann mit Schnurrbart und Spitzbart, den die anderen mit ›Kommandant‹ ansprachen. Die beiden anderen wurden ebenfalls mehrmals von ihrem Kommandanten namentlich angesprochen. Sofern es nicht falsche Namen sind, heißen die beiden Fonseca und Lima, es sind zwei große, kräftige Männer von dunkler Hautfarbe und mit wenig intelligentem Gesichtsausdruck. Während der kleine Dünne den Verfasser dieses Artikels mit der Pistole bedrohte, schleppten Fonseca und Lima Monteiro Rossi ins Schlafzimmer, um ihn zu verhören, wie sie selbst es nannten. Der Verfasser dieses

Artikels hörte Schläge und unterdrückte Schreie. Dann sagten die beiden Männer, sie hätten ihre Arbeit getan. Die drei verließen rasch die Wohnung des Verfassers dieses Artikels, wobei sie ihm mit dem Tod drohten, sofern er den Vorfall nicht für sich behalte. Der Verfasser dieses Artikels begab sich ins Schlafzimmer und konnte nur noch den Tod des jungen Monteiro Rossi feststellen. Er war blutig geschlagen worden, und die Schläge, die ihm mit dem Schaft der Pistole zugefügt worden waren, hatten ihm den Schädel zertrümmert. Seine Leiche befindet sich im Augenblick im zweiten Stockwerk in der Rua da Saudade Nummer 22, in der Wohnung des Verfassers dieses Artikels. Monteiro Rossi war Waise und hatte keine Verwandten. Er war in ein schönes, liebenswürdiges Mädchen verliebt, dessen Namen wir nicht kennen. Wir wissen nur, daß sie kupferfarbenes Haar hat und die Kultur liebt. Sofern dieses Mädchen unseren Artikel liest, drücken wir ihr unser aufrichtigstes Beileid aus und grüßen sie auf das herzlichste. Wir fordern die zuständigen Behörden auf, ein waches Auge auf die Gewalttaten zu haben, die hinter ihrem Rücken und vielleicht im Einvernehmen mit irgend jemandem zur Zeit in Portugal verübt werden.«

Pereira machte einen Absatz, und darunter, rechts, schrieb er seinen Namen: Pereira. Er zeichnete nur mit Pereira, denn so kannten ihn alle, unter seinem Zunamen, mit dem er viele Jahre lang alle seine Lokalberichte gezeichnet hatte.

Er blickte zum Fenster auf und sah, daß die Palmwedel vor der Kaserne gegenüber im Morgenlicht schimmerten. Er hörte ein Trompetensignal. Pereira streckte sich in einem Sessel aus und schlief ein. Als er aufwachte, war es bereits spät am Tag, und er sah erschrocken auf die Uhr. Er habe gedacht, daß er sich beeilen müsse, erklärt er. Er rasierte sich, wusch sich das Gesicht mit kaltem Wasser und verließ das Haus. Vor der Kathedrale fand er ein Taxi und ließ sich in die Redaktion fahren. Celeste saß in ihrem Kämmerchen und begrüßte ihn mit herzlicher Miene. Nichts für mich? fragte Pereira. Nichts Neues, Doktor Pereira, antwortete Celeste, nur daß man mir eine Woche Urlaub gegeben hat. Und indem sie ihm den Kalender zeigte, fuhr sie fort: Ich komme nächsten Samstag zurück, eine Woche müssen Sie auf mich verzichten, heutzutage beschützt der Staat die Schwachen, mit einem Wort, Leute wie mich, nicht umsonst sind wir ein Ständestaat. Wir werden versuchen, Sie nicht allzusehr zu vermissen, flüsterte Pereira und stieg die Treppe hinauf. Er betrat die Redaktion und holte die Mappe mit der Aufschrift »Nachrufe« aus dem Archiv. Er steckte sie in eine Ledertasche und ging hinaus. Vor dem Café Orquídea blieb er stehen und dachte, er habe noch Zeit, sich fünf Minuten hinzusetzen und etwas zu trinken. Eine Limonade, Doktor Pereira? fragte Manuel diensteifrig, während Pereira am Tisch Platz nahm. Nein, antwortete Pereira, ich nehme einen trockenen Portwein, ich trinke lieber einen trockenen Portwein. Das ist neu, Doktor Pereira, sagte Manuel, und noch dazu um diese Zeit, auf jeden Fall freut es mich, es heißt, daß es Ihnen bessergeht. Manuel stellte ihm ein Glas hin und ließ ihm die Flasche da.

Hören Sie, Doktor Pereira, sagte Manuel, ich lasse Ihnen die Flasche da, nehmen Sie sich ruhig noch ein Glas, wenn Sie möchten, und wenn Sie gern eine Zigarre hätten, bringe ich sie Ihnen sofort. Bring mir eine leichte Zigarre, sagte Pereira, ach, und übrigens, Manuel, du hast doch einen Freund, der BBC empfängt, was gibt es für Neuigkeiten? Es sieht so aus, als ob die Republikaner Prügel bekämen, sagte Manuel, aber wissen Sie, Doktor Pereira, sagte er, wobei er die Stimme senkte, sie haben auch von Portugal gesprochen. Ach ja? sagte Pereira. Und was sagen sie über uns? Sie sagen, daß wir in einer Diktatur leben, antwortete der Kellner, und daß die Polizei Leute foltert. Was sagst du dazu, Manuel? fragte Pereira. Manuel kratzte sich am Kopf. Was sagen Sie dazu, Doktor Pereira, erwiderte er, Sie sind Journalist und haben eine Ahnung von diesen Dingen. Ich sage, daß die Engländer recht haben, meinte Pereira. Er zündete die Zigarre an und bezahlte, dann ging er hinaus und nahm ein Taxi, um in die Druckerei zu fahren. Als er ankam, traf er den Faktor an, der völlig außer Atem war. Die Zeitung geht in einer Stunde in Druck, Doktor Pereira, sagte der Faktor, Sie haben gut daran getan, die Erzählung von Camilo Castelo Branco zu veröffentlichen, sie ist wunderschön, ich habe sie als Kind in der Schule gelesen, aber sie ist noch immer wunderschön. Man muß sie um eine Spalte kürzen, sagte Pereira, ich habe hier einen Artikel, der ans Ende der Kulturseite gehört, es ist ein Nachruf. Pereira hielt ihm das Blatt hin, der Faktor las es und kratzte sich am Kopf. Doktor Pereira, sagte der Faktor, das ist eine sehr heikle Angelegenheit, Sie bringen mir das im letzten Augenblick und ohne Sichtvermerk der Zensur, ich habe den Eindruck, hier geht es um sehr schwerwiegende Dinge. Hören Sie, Herr Pedro, sagte Pereira, wir kennen uns seit fast dreißig Jahren, seitdem ich für die bedeutendste Lissaboner Zeitung Lokalberichte schrieb, habe ich Ihnen je Schwierigkeiten bereitet? Das haben Sie nicht, antwortete der Faktor, aber inzwischen haben sich die Zeiten geändert, es ist nicht mehr wie früher, jetzt gibt es diese ganzen bürokratischen Verfahrensweisen, und ich muß sie respektieren, Doktor Pereira. Hören Sie zu, Herr Pedro, sagte Pereira, ich habe die Genehmigung von der Zensurbehörde mündlich bekommen, vor einer halben Stunde habe ich von der Redaktion aus angerufen und mit dem Major Lourenço gesprochen, er ist einverstanden. Es wäre aber besser, den Herausgeber anzurufen, erwiderte der Faktor. Pereira seufzte tief und sagte: Einverstanden, rufen Sie ruhig an, Herr Pedro. Der Faktor wählte, und Pereira hörte mit klopfendem Herzen zu. Ihm war klar, daß der Faktor mit Fräulein Filipa sprach. Der Herausgeber ist zum Mittagessen gegangen, sagte Herr Pedro, ich habe mit der Sekretärin gesprochen, er kommt nicht vor drei zurück. Um drei ist die Zeitung bereits fertig, wir können nicht bis um drei warten. Das können wir wirklich nicht, sagte der Faktor, ich weiß nicht, was ich tun soll. Hören Sie, schlug Pereira vor, das beste ist, direkt die Zensurbehörde anzurufen, vielleicht gelingt es uns, mit Major Lourenço zu sprechen. Mit Major Lourenço, rief der Faktor aus, als ob er Angst vor diesem Namen hätte, direkt mit ihm? Er ist ein Freund von mir, sagte Pereira mit gespielter Gelassenheit, heute morgen habe ich ihm meinen Artikel vorgelesen, er ist völlig einverstanden, ich spreche jeden Tag mit ihm, Herr Pedro, das ist meine Arbeit. Pereira nahm das Telefon und wählte die Nummer der Klinik für Thalassotherapie in Parede. Er hörte die Stimme von Doktor Cardoso. Hallo, Major, sagte Pereira, hier spricht Doktor Pereira von der *Lisboa*, ich bin hier in der Druckerei, um den Artikel unterzubringen, den ich Ihnen heute morgen vorgelesen habe, aber der Drucker zögert, weil Ihr Stempel fehlt, versuchen Sie, ihn zu überzeugen, ich gebe ihn Ihnen gleich. Er hielt dem Faktor den Hörer hin und beobachtete ihn, während er sprach. Herr Pedro begann zu nikken. Gewiß, Herr Major, sagte er, einverstanden, Herr Major. Dann legte er auf und sah Pereira an. Und? fragte Pereira. Er sagt, daß die portugiesische Polizei keine Angst vor derartigen Skandalen hat, sagte der Faktor, daß Verbrecher herumlaufen, die angezeigt gehören, und daß Ihr Artikel heute erscheinen muß, Doktor Pereira, das hat er mir gesagt. Und dann fuhr er fort: Und außerdem hat er gesagt: Sagen Sie Doktor Pereira, er soll einen Artikel über die Seele schreiben, denn die würden wir alle brauchen, das hat er zu mir gesagt, Doktor Pereira. Er wollte wohl einen Scherz machen, sagte Pereira, aber morgen spreche ich ohnehin mit ihm.

Er überließ Herrn Pedro seinen Artikel und ging. Er fühlte sich erschöpft und verspürte einen großen Aufruhr in seinen Gedärmen. Er beschloß, im Café an der Ecke ein Sandwich zu essen, bestellte aber statt dessen nur eine Limonade. Dann nahm er ein Taxi und ließ sich bis zur Kathedrale bringen. Er betrat vorsichtig seine Wohnung, weil er Angst hatte, jemand könnte auf ihn warten. Aber in der Wohnung war niemand, nur eine große Stille. Er ging ins Schlafzimmer und warf einen Blick auf das Laken, das die Leiche Monteiro Rossis bedeckte. Dann nahm er einen kleinen Koffer, packte das Nötigste und legte die Mappe mit den Nachrufen dazu. Er ging zum Bücherregal und begann die Pässe von Monteiro Rossi durchzublättern. Schließlich fand er einen, der für ihn paßte. Es war ein schöner französischer Paß, sehr gut gemacht, auf dem Foto war ein dicker Mann mit Tränensäcken zu sehen, das Alter stimmte. Er hieß Baudin, François Baudin. Pereira fand, das sei ein schöner Name. Er legte ihn in den Koffer und nahm das Bild seiner Frau. Dich nehme ich mit, sagte er zu ihm, es ist besser, wenn du mitkommst. Er legte es mit dem Gesicht nach oben, damit es gut atmen konnte. Dann sah er sich um und warf einen Blick auf die Uhr.

Es war besser, wenn er sich beeilte, die *Lisboa* würde bald erscheinen, und er hatte keine Zeit zu verlieren, erklärt Pereira.

Nachbemerkung

Zum ersten Mal besuchte mich Doktor Pereira an einem Abend im September 1992. Damals hieß er noch nicht Pereira, er hatte noch keine klar umrissenen Züge, er war etwas Unbestimmtes, Flüchtiges und Verschwommenes, aber er äußerte bereits den Wunsch, Protagonist eines Buches zu sein. Er war nur eine Person auf der Suche nach einem Autor. Ich weiß nicht, warum er auf die Idee kam, daß gerade ich seine Geschichte erzählen sollte. Möglicherweise weil auch ich, einen Monat davor, an einem glühendheißen Augusttag in Lissabon, jemandem einen Besuch abgestattet hatte. Ich erinnere mich ganz genau an diesen Tag. Am Morgen hatte ich eine Lissabonner Tageszeitung gekauft und die Nachricht gelesen, daß im Lissabonner Ospital de Santa Maria ein alter Journalist gestorben war und sein Leichnam in der Kapelle des Krankenhauses aufgebahrt sei. Aus Gründen der Diskretion möchte ich nicht sagen, wie er hieß. Ich sage nur, daß ich ihn Ende der sechziger Jahre flüchtig in Paris kennengelernt hatte, wo er, ein im Exil lebender Portugiese, für eine Pariser Zeitung schrieb. In den vierziger und fünfziger Jahren, zur Zeit der Salazar-Diktatur, war er in Portugal als Journalist tätig gewesen. Und es war ihm gelungen, dem Salazar-Regime einen Streich zu spielen, indem er in einer portugiesischen Zeitung einen scharfen Artikel gegen die Regierung veröffentlichte. Danach hatte er natürlich ernsthafte Probleme mit der Polizei bekommen und war gezwungen, ins Exil zu gehen. Ich wußte, daß er nach 74, als Portugal wieder demokratisch regiert wurde, in sein Land zurückgekehrt war, aber ich hatte ihn nie wieder getroffen. Er schrieb nicht mehr, er war in Pension, ich weiß nicht, wie er lebte, man hatte ihn leider vergessen. In Portugal, einem Land, das nach fünfzig Jahren Diktatur zur Demokratie zurückgefunden hatte, herrschte damals Aufregung und Durcheinander. Es war ein junges Land, das von jungen Leuten regiert wurde. Niemand erinnerte sich mehr an einen alten Journalisten, der sich Ende der vierziger Jahre entschieden der Diktatur Salazars widersetzt hatte.

Um zwei Uhr nachmittags erwies ich dem aufgebahrten Toten die letzte Ehre. Niemand war in der Kapelle. Der Sarg war offen. Der alte Herr war katholisch gewesen, und man hatte ihm ein Kruzifix aus Holz auf die Brust gelegt. Ich blieb ungefähr zehn Minuten an seinem Sarg stehen. Er war ein korpulenter, um nicht zu sagen dicker alter Mann. Als ich ihn in Paris kennengelernt hatte, war er ungefähr fünfzig, wendig und flink gewesen. Das Alter und vielleicht auch schwierige Lebensumstände hatten ihn zu einem dicken und schlaffen alten Mann werden lassen. Auf einem kleinen Pult am Fußende des Sarges lag ein offenes Buch, in dem die Besucher sich eingetragen hatten. Einige Namen standen darin, aber ich kannte niemanden. Vielleicht waren es seine alten Kollegen, Leute, die an seiner Seite gekämpft hatten, pensionierte Journalisten.

Im September, wie ich bereits sagte, besuchte

mich dann Pereira. Zuerst wußte ich nicht, was ich zu ihm sagen sollte, aber dann begann ich zu ahnen, daß diese vage Erscheinung, die sich in Gestalt einer literarischen Person zeigte, ein Symbol und eine Metapher war: In ihr lebte in gewisser Weise der Geist des alten Journalisten weiter, dem ich die letzte Ehre erwiesen hatte. Ich war verlegen, empfing ihn jedoch mit Herzlichkeit. An diesem Septemberabend begann ich zu begreifen, daß eine Seele, die durch den Äther irrte, mich brauchte, um von sich zu erzählen, um von einer Entscheidung, einer Pein, einem Leben zu berichten. In jenem besonders günstigen Augenblick, der dem Schlaf vorausgeht und der für mich der geeignetste Zeitpunkt ist, um die Besuche meiner Personen zu empfangen, sagte ich zu ihm, er solle wiederkommen, er solle sich mir anvertrauen, er solle mir seine Geschichte erzählen. Er kam wieder, und ich fand sofort einen Namen für ihn: Pereira. Auf portugiesisch bedeutet »Pereira« Birnbaum, und wie alle Nachnamen, die Namen von Obstbäumen sind, ist er jüdischer Herkunft, wie in Italien die Namen von Städten. Damit wollte ich einem Volk meine Ehrerbietung bezeigen, das in der portugiesischen Kultur bedeutende Spuren hinterlassen und die großen Ungerechtigkeiten de Geschichte erlitten hat. Aber es gab auch noch einen anderen Grund, diesmal literarischer Natur, der mich veranlaßte, diesen Namen zu wählen: ein kleines Intermezzo von Eliot mit dem Titel *What about Pereira?*, worin zwei Freundinnen in einem Gespräch einen geheimnisvollen Portugiesen namens Pereira heraufbeschwören, über den man jedoch nichts erfährt. Von meinem Pereira erfuhr ich jedoch sehr viel: Bei seinen nächtlichen Besuchen erzählte er mir, daß er Witwer, herzkrank und unglücklich sei. Daß er die französische Literatur liebe, vor allem die katholischen Schriftsteller der Zeit zwischen den Kriegen wie Mauriac und Bernanos, daß er besessen sei von der Idee des Todes, daß sein engster Vertrauter ein Franziskaner namens Pater António sei, zu dem er beichten ging in der Angst, ein Ketzer zu sein, weil er nicht an die Auferstehung des Fleisches glaubte. Und Pereiras Geständnisse gemeinsam mit der Phantasie des Autors besorgten den Rest. Ich erfand einen Monat, der im Leben Pereiras eine entscheidende Rolle gespielt hatte, einen glühendheißen Monat, den August 1938. Ich vergegenwärtigte mir Europa am Rand der Katastrophe des Zweite Weltkriegs, den Spanischen Bürgerkrieg, die Tragödien in unserer gar nicht weit zurückliegenden Vergangenheit. Und im Sommer 93, als Pereira, der bereits ein guter Freund von mir geworden war, mir seine Geschichte zu Ende erzählt hatte, konnte ich sie niederschreiben. Ich schrieb sie in Vecchiano, in zwei ebenfalls sehr heißen Monaten, in denen ich intensiv und wie rasend arbeitete. Dank eines glücklichen Zufalls schrieb ich die letzte Seite am 25. August 1993. Und ich wollte dieses Datum auf dem Papier festhalten, denn für mich ist es ein wichtiger Tag: der Geburtstag meiner Tochter. Das erschien mir wie ein Zeichen, ein Vorzeichen. Der glückliche Tag, an dem eines meiner Kinder zur Welt kam, war auch der Tag, an dem kraft der Schrift die Lebensgeschichte eines Menschen entstand. Vielleicht hat das alles eine Bedeutung, in dem undurchdringlichen Gespinst der Ereignisse, die uns die Götter schenken.

Antonio Tabucchi

ANTONIO TABUCCHI
Erklärt Pereira

erscheint als sechsundzwanzigster Band der
BRIGITTE-EDITION
ERLESEN VON ELKE HEIDENREICH

Lizenzausgabe für BRIGITTE-EDITION

Die italienische Originalausgabe erschien 1994
unter dem Titel *Sostiene Pereira*
im Verlag Feltrinelli, Mailand

Ausstattung und Gestaltung von
Groothuis, Lohfert, Consorten, Hamburg
Herstellung:
G+J Druckzentrale, Hamburg
Prill Partners producing, Berlin
Satz: Dörlemann Satz, Lemförde
Druck und Bindung: GGP Media GmbH, Pößneck
Printed in Germany

ISBN 3-570-19527-9

DIE BRIGITTE-EDITION

IN 26 BÄNDEN

ERLESEN VON ELKE HEIDENREICH

1 | PER OLOV ENQUIST *Der Besuch des Leibarztes*

2 | PAULA FOX *Was am Ende bleibt*

3 | T.C. BOYLE *América*

4 | NIGEL HINTON *Im Herzen des Tals*

5 | RUTH KLÜGER *weiter leben*

6 | RICHARD FORD *Unabhängigkeitstag*

7 | JANE BOWLES *Zwei sehr ernsthafte Damen*

8 | ARNON GRÜNBERG *Phantomschmerz*

9 | JIM KNIPFEL *Blindfisch*

10 | DOROTHY PARKER *New Yorker Geschichten*

11 | DIETER FORTE *Das Muster*

12 | WISŁAWA SZYMBORSKA *Die Gedichte*

13 | HERMANN H. SCHMITZ *Das Buch der Katastrophen*

14 | HARUKI MURAKAMI *Gefährliche Geliebte*

15 | CARL FRIEDMAN *Vater/Zwei Koffer*

16 | BORA ĆOSIĆ *Die Rolle meiner Familie in der Weltrevolution*

17 | MARLEN HAUSHOFER *Die Wand*

18 | JOHN UPDIKE *Gertrude und Claudius*

19 | ANNE MICHAELS *Fluchtstücke*

20 | STEWART O'NAN *Das Glück der anderen*

21 | CHRISTA WOLF *Kein Ort. Nirgends*

22 | MAARTEN 'T HART *Gott fährt Fahrrad*

23 | ALESSANDRO BARICCO *Seide*

24 | ISABEL BOLTON *Wach ich oder schlaf ich*

25 | RADEK KNAPP *Herrn Kukas Empfehlungen*

26 | ANTONIO TABUCCHI *Erklärt Pereira*